어른의 맞춤법

어른의 맞춤법

초판 1쇄 발행   2020년 11월 20일
초판 9쇄 발행   2023년 3월 1일

지은이   신선해·정지영
일러스트   문수민·디자인여름

펴낸이   한선화
편집   이미아
디자인   정정은
홍보   김혜진
마케팅   김수진

펴낸곳   앤의서재
출판등록   제2022-000055호
주소   서울 서대문구 연희로11가길 39, 4층
전화   070-8670-0900
팩스   02-6280-0895
이메일   annesstudyroom@naver.com
블로그   blog.naver.com/annesstudyroom
인스타그램   @annes.library

ISBN   979-11-90710-12-1 03800

이 도서의 국립중앙도서관 출판예정도서목록(CIP)은 서지정보유통지원시스템 홈페이지(http://seoji.nl.go.kr)와 국가자료공동목록시스템(http://nl.go.kr/kolisnet)에서 이용하실 수 있습니다. (CIP제어번호: 2020047201)

> - 일러두기
>
> 1. 1~2장은 가나다 순, 3장은 틀린 말과 바른 말 순으로 배치했습니다.
> 2. 3장 '사전에 없는데 사용하는 말' 중 일부는 다른 뜻을 가진 한자어로 사전에 있는 경우가 있습니다.

더도 말고 **100**개만 알면 기본은 한다!

어른의 맞춤법

신선해 | 정지영 지음

앤의
서재

맞춤법 실수,
저만 불편한가요?

평소 눈여겨보던 젊은 작가의 새 소설을 읽었습니다. 시대의 그림사를 담담한 시선으로 제법 예리하게 그려내는 태도가 마음에 들었지요. 문체도 담백해 술술 읽혔습니다. 그런데 덜컥, 한 단어가 눈에 박힙니다. '명예회손.' 엥? 이거 소설이잖아. 책이잖아. 음, 저 같은 사람을 요즘엔 '프로 불편러'라 부른다지요? 별걸 다 불편하게 여긴다고 말입니다. 인정합니다. 결국 제 머릿속에서 소설의 내용은 지워지고 오로지 '명예회손' 한 단어만 불편하게 남았으니까요.

　말과 글을 참으로 간편하게 생산하고 소비하는 시대입니다. 웹과 소셜 네트워크 기술의 명암이라고 생각해요. 누구나 쉽게 자신을 표현할 수 있고 널리 남들의 생각을 들여다볼 수 있다는 점에선 한글을 만든 세종대왕께서도 흐뭇하게 여기실 일이겠지요. 하지만 우리말이 아무렇지도 않게 '잘못' 쓰이는 현실은 못내 불편합니다.

　맞춤법을 틀리거나 엉뚱한 어휘를 써도 대개 대화의 흐름이나 문맥에는 아무런 지장이 없는데, 제게는 매번 '어, 어,'

하고 살짝 걸리네요. 게다가 직업이 직업인지라, 특히 책에서 그런 경우를 발견하면 '어' 정도가 아니라 '아이고' 하는 탄식이 나옵니다. 반대로 흔히 잘못 쓰이는 말을 올바르게 쓰는 사람이나 글을 대하면 어쩐지 호감도가 급상승하지요. SNS 인구가 늘고 독서 인구가 줄어들수록, 맞춤법 실수는 흠 축에도 들지 않는 분위기입니다. 그래서 저는 하루에도 수십 번은 불편해집니다.

그런데요, 한국인이면서 한국어를 일부러 틀리게 쓰는 사람이 있을까요? 맞춤법을 향한 관심이 더하냐 덜하냐의 차이는 있을지언정, 우리말을 잘못 쓰고 싶은 사람은 없으리라 믿습니다. 모르니까 틀리는 거죠. 차라리 헷갈리면 나아요. 알쏭달쏭하면 사전을 찾아보거나 어디에 물어보기라도 할 테니까요. 다만 틀린 줄 모르고 틀리게 쓰는 경우가 너무 많아서 안타깝습니다.

맞춤법에 어긋나도 여과 없이 공개되는 글이 부지기수입니다. 말을 할 때는 더더욱 거를 틈이 없습니다. 그런 말과 글을 일상적으로 접하며 살고, 딱히 불편하지 않으니 맞춤법에 무감해질 수밖에요. 온라인에는 '맞춤법 불편러'들이 활발히 활동하는 듯하지만 실제로는 보기 어려워요. 저만 해도 눈치 챙긴답시고 '나만 불편하고 말자'의 정신으로 어지간하면(심지어 어지간하지 않아도) 그냥 모르는 척 넘기거든요. '나도 완벽하지 않은데 누가 누굴 가르치냐' 하는 마음도 있고요.

저도 맞춤법을 완벽하게 꿰지는 못합니다. 그저 관심이 있고 신경을 쓸 뿐이죠. 제게는 밥벌이 수단이기도 하지만 우리말을 진심으로 아끼기에 틀리기 싫어서 항상 확인하고 찾아보고 공부합니다. 이렇게 맞춤법에 특화된 '프로 불편러'로서 감히 용기를 냈습니다. 국립국어원 학자도 아니고, 우리는 그 복잡한 맞춤법을 골머리 썩으며 파고들 필요는 없어요. 실생활에서 우리말을 잘못 쓰지 않는 정도면 충분하지요.

평소에 매우 자주 접하는 맞춤법 오류들만 모았습니다. SNS 구경하듯 가볍게 읽다가 자연스레 머릿속에 새겨지길 바라며, 쉽고 재미있고 간결하게 풀어내려 애썼답니다. 언젠가는 우리말을 제대로 사용하는 사람이 아주아주 많아지길, 그래서 틀린 줄 모르고 틀리게 쓰는 말이 아주아주 적어지길 희망해봅니다.

번역가 신선해

맞춤법에서 중요한 건
문법이 아닌 관심!

얼마 전의 일입니다. 자주 보던 온라인 커뮤니티 게시판에 고민 글이 하나 올라왔죠. 그런데 진지하게 써 내려간 글 틈틈이 자꾸만 보여서는 안 될 글자가 보이는 것입니다. '저는 이것도 않되고 저것도 않되고 무엇을 해야 할지 막막합니다.' 분명 글에 담긴 마음은 심각하고 무거운데, 저 '않되고'가 자꾸 눈앞에 어른거려 도무지 글에 집중할 수 없더란 말이죠.

'오우, 아니야, 저 님의 답답한 마음을 생각해봐. 맞춤법 오류 따위 신경 쓰지 마' 하고 아무리 최면을 걸어도 '않되고'의 행렬에 이미 제 마음은 진정이 안 되고……. 제가 편집자라 직업병 때문에 집중하지 못한 걸까요?

맞춤법은 생각보다 더 중요합니다. 아무리 잘 쓴 글이라도 맞춤법 오류 몇 개가 글의 전체 이미지를 울적하게 만들 수 있거든요. 더 나아가서 글쓴이의 이미지에도 지대한 영향을 미치게 되죠. 요즘처럼 SNS를 통해서 누구나 글을 쓰고 읽을 수 있는 시대라면 더 말해 무엇 할까요.

이력서, 자기소개서, 제안서, 보고서와 같은 글을 써야 할 때면 상황은 더욱 심각해집니다. 능력까지 의심받을 수 있으니까요. 더구나 단순 실수와 몰라서 틀린 맞춤법은 한눈에 구분할 수 있습니다.

사실 한글 맞춤법을 가장 자연스럽게 습득할 수 있는 방법은 독서입니다. 실생활에서는 '공항장애'라고 잘못 쓰는 사람이라도 책을 만들 때는 국립국어원 홈페이지를 열어놓고, 표준국어대사전을 확인해가며 가능하면 맞춤법 오류가 생기지 않도록 내용을 살피기 때문이죠. 그리고 그렇게 탄생한 책을 (종류에 상관없이) 많이 읽는 사람이라면, 어느 틈에 뇌가 올바른 맞춤법을 기억하기 시작합니다.

물론 반대의 과정도 동일하게 일어납니다. 맞춤법을 꽤나 잘 알고 있다고 자신하던 사람도 온라인상에서 '먹으로 가자'와 같은 틀린 표현을 계속 보다 보면, 어느 순간 '먹으로 가자'가 맞는지 '먹으러 가자'가 맞는지 헷갈리는 순간이 필연적으로 찾아오게 됩니다. 그러니 맞춤법 앞에서 영원한 승자란 없습니다. 오직 꾸준한 관심과 확인만이 필요할 뿐.

이 책은 맞춤법 오류를 바로잡기 위한 첫걸음과 같습니다. 어려운 문법을 하나하나 언급하며 설명하는 두꺼운 국어 관련 책이 아니에요. 많은 사람들이 가장 헷갈려 하는 맞춤법 100가지와 소소한 기본 규칙 등을 재미있게 담았어요. 가벼운 마음으로 두세 번 읽어보면서 올바른 표기법을 눈으로 먼저 익히는 걸 추천합니다. 순서대로 읽지 않아도 괜찮습니다. 목차를 보면서 그동안 자주 헷갈렸던 단어들이 있는지 확인한 다음 그 페이지부터 읽어도 아무런 문제가 없습니다.

아무쪼록 자신만의 방법으로 자유롭게 이 책을 즐겨주세

요. 이 책을 덮을 즈음에는 누구라도 당당한 맞춤법의 세계로 한 걸음 더 나아갈 수 있게 되기를 진심으로 기대합니다.

편집자 정지영

contents

Part ── 둘 다 사전에 있으나 ── 1
헷갈려 쓰는 말

Part ── 둘 다 사전에 있으나 ── 2
잘못 쓰는 말

너도나도
헷갈리는

기초 맞춤법 규정
11

자, 길고 긴 프롤로그를 잘 참아주셨습니다. 이제 본격적으로 한글 맞춤법을 알아볼 차례가 되었네요. 사실 맞춤법의 세계는 너무나 광범위합니다. 통용되는 어문 규정도 복잡하거니와 종종 예외 사항이라는 항목이 튀어나와서 전의를 상실하게 만들지요. 하지만 잊지 마세요, 우리의 목표는 '한글학자'가 아니랍니다. 그저 일상에서 자신의 생각을 매끄럽게 글로 표현하고, 그 과정에서 지적인 매력을 한층 더 뽐낼 수 있다면 그것으로 충분합니다.

100가지 기본 맞춤법에 앞서 문장에서 자주 사용되지만 발음이나 모양이 비슷한 탓에 정확한 용법이 종종 헷갈렸던 기본적인 규정 11개만 모았습니다. 전혀 복잡하고 어려운 것들이 아니랍니다. '기본적인 게 최고다'라는 말도 있듯이, 이 규정들만 잘 익혀도 맞춤법에 대한 부담감이 한층 낮아질 거라 자신합니다.

1. '-대'와 '-데'

'이 영화 슬프대?'와 '이 영화 슬프데?' 중 무엇이 맞을까요? 올바른 문장은 '이 영화 슬프대?'입니다. '-대'와 '-데'는 똑같이 문장을 끝맺는 종결 어미지만 각각의 용법이 달라요. 슬프게도 발음이 같아서 자주 헷갈리곤 하지요.

'-대'는 이럴 때 씁니다.

① 앞에서 언급된 사실을 강하게 부정하거나 의문을 표현할 때

↳ 내가 언제 그만두겠대? 올해는 그냥 다닐 거야. (앞말에 대한 부정)

↳ 무슨 가방이 이렇게 무겁대? (의문)

② 다른 사람이 말한 내용을 간접적으로 전달할 때

↳ 내 친구가 너 맘에 든대.

↳ 선생님이 나보고 잘하고 있대.

③ 듣는 사람이 이미 알고 있는 사실을 다시 물어볼 때

↳ 일기 예보에서 오늘 날씨가 어떻대?

'-데'는 이럴 때 씁니다.

① 말하는 사람이 이전에 자신이 경험한 것을 직접 말할 때

↳ 이번 독감 주사 은근히 독하데. 맞고 나서 한동안 힘이 없었어.

↳ 자기가 실수하고 나한테 화내니까 기가 막히데.

2. '-로서'와 '-로써'

'왕으로서 살았다'와 '왕으로써 살았다' 중 무엇이 맞을까요? 올바른 문장은 '왕으로서 살았다'입니다. 격 조사 '-로서'와 '-로써'는 어찌도 그리 쓸 때마다 헷갈리는지요. 어쩌면 꼼수

일 수도 있는데, 사실 '서'든 '써'든 생략해버리고 '-로'만 남기면 어느 경우에도 틀리지 않는답니다! 그래도 습관적으로 잘못 쓰지 않으려면 이 둘의 차이점을 짚고 넘어가야겠지요?

'-로서'는 이럴 때 씁니다.

① 지위나 신분, 자격을 나타낼 때

☞ 리더로서 책임을 다했다.

☞ 이것은 기관에 제출할 서류로서, 병원 측의 확인이 필요합니다.

② 어떤 동작이 일어나거나 시작되는 곳을 나타낼 때

☞ 이 문제는 너로서 시작되었다.

'-로써'는 이럴 때 씁니다.

① 어떤 물건의 재료나 원료를 나타낼 때

☞ 이 작품은 못과 철사로써 만들어졌다.

② 어떤 일을 하는 데 쓰이는 도구나 수단, 방법을 나타낼 때

☞ 장미는 뾰족한 가시로써 자신을 지킨다.

③ 앞의 말이 나타내는 것을 끝으로 이제까지 있었던 일을 포함시키며 말할 때

☞ 집에 못 들어간 지 오늘로써 일주일이 되었다.

3. '-에'와 '-의'

'남의 마음에 상처 주다'와 '남에 마음에 상처 주다' 중 무엇이 맞을까요?

올바른 문장은 '남의 마음에 상처 주다'입니다. 조사 '-에'와 '-의'는 다양한 상황에서 여러 가지 의미로 활용됩니다. 따라서 모든 용법을 외우기보다는 '-에'와 '-의'를 어떤 경우에 잘못 사용하게 되는지 알아보는 게 더 간단하겠죠.

일단 '-의'는 '나의 마음'이나 '친구의 가방'처럼 '소유, 소속, 주체'의 개념을 나타냅니다. '비둘기는 평화의 상징이다'처럼 행위의 대상임을 뜻할 때도 있고, '신이 주신 최고의 선물'처럼 정도를 뜻할 때도 있습니다. 그런데 이때 '-의' 대신 '-에'를 쓰는 경우가 종종 눈에 띕니다. 기억해야 할 것은 '-에'는 주로 '장소나 목적지'를 의미한다는 거예요. '공원에 가기로 했다', '가게에 가기로 했다'처럼 말이죠.

4. '-이에요'와 '-예요'

'선물이에요'와 '선물예요' 중 무엇이 맞을까요?

올바른 문장은 '선물이에요'입니다. '선물'이라는 명사 뒤에 서술격 조사 '-이'가 붙었고, 그 뒤에 '-에요'라는 어미가 붙은 형식입니다.

'-예요'는 바로 '-이에요'의 줄임말이죠. 다만 '-예요'라는 줄임말을 항상 쓸 수 있는 것은 아닙니다. '엄마예요', '아빠예요'처럼 앞 단어가 받침 없이 모음으로 끝난 경우에만 '-이에요'를 '-예요'로 줄여 쓸 수 있어요. 이런 경우 '엄마이에요/엄마예요' 모두 맞는 표현입니다. 반면 '선물예요'는 앞단어가 'ㄹ' 받침으로 끝나기 때문에 줄임말을 쓸 수 없는 것이죠.

5. '안'과 '않-'

'거짓말은 안 해요'와 '거짓말은 않해요' 중 무엇이 맞을까요? 올바른 문장은 '거짓말은 안 해요'입니다. 그런데 '거짓말은 안 해요' 대신 '거짓말은 하지 않습니다'라고 쓴다면 어떨까요? 이것 역시 맞는 표현입니다.

'안'과 '않-'은 각각 '아니', '아니하다'가 줄어든 말로 둘 다 부정이나 반대의 뜻을 나타냅니다. 심지어 발음도 같아서 헷갈리기 쉽지요. 의미는 비슷하지만, 문장 형식에 따라 용법이 달라지므로 잘 구분해서 써야 해요.

서술어 앞에 쓸 때는 '안'을 사용해야 합니다.

☞ 학교에 안 갔다(아니 갔다).

☞ 머리를 안 감았다(아니 감았다).

반면, 서술어 뒤에 놓일 때는 '않-'을 사용해야 합니다.

☞ 뒷말은 하지 않는다(하지 아니한다).

☞ 동생은 곧장 집으로 오지 않고(오지 아니하고) 놀러 갔다.

6. '-률'과 '-율'

'경쟁률'과 '경쟁율' 중 무엇이 맞을까요?

올바른 단어는 '경쟁률'입니다. 이 글자는 두음 법칙에 따라 단어 첫머리에 올 경우가 아니면 본음대로 '률'이라고 적는데, 모음이나 'ㄴ 받침' 뒤에서는 [율]로 소리가 나므로 '율'이라고 적습니다.

'-률'은 이럴 때 씁니다.

☞ 달성률, 진행률, 입학률, 취업률 등

'-율'은 이럴 때 씁니다.

☞ 진도율, 성취율, 소화율, 할인율, 출산율 등

7. '-장이'와 '-쟁이'

'거짓말쟁이'와 '거짓말장이' 중 무엇이 맞을까요?

올바른 단어는 '거짓말쟁이'입니다.

'-쟁이'는 이럴 때 씁니다.

① '관련된 속성을 많이 가진 사람'을 뜻할 때

👉 고집쟁이, 겁쟁이, 부끄럼쟁이 등

② '관련된 직업을 가진 사람'을 낮춰 부를 때

👉 그림쟁이, 춤쟁이 등

'-장이'는 이럴 때 씁니다.

① '기술을 가진 사람'을 뜻할 때

👉 미장이, 양복장이 등

8. '-든'과 '-던'

'춤을 추든 말든'과 '춤을 추던 말던' 중 무엇이 맞을까요?

올바른 문장은 '춤을 추든 말든'입니다.

'-든(-든지)'은 선택의 의미를 지니고 있습니다. 문장 속 나열된 동작이나 상태, 대상들 중에서 어느 것이든 선택될 수 있음을 나타내는 연결 어미로, 흔히 그 뒤에 '하다'가 붙어요. 혹은 '무슨 춤을 추든 (간에/상관없이) 멋져 보인다' 이 문장처럼, 여러 가지 중에서 어떤 것을 선택해도 뒤따라오는 내용이 무리 없이 성립함을 나타내기도 합니다. 이럴 경우, '간에'나 '상관없이'와 같은 말을 덧붙이면 문장의 의미가 더욱 명확해지죠.

반면, '-던'은 지난 일을 나타낼 때 사용합니다. '깊던 물이 얕아졌다', '먹던 사과를 버리고 새 사과를 받았다', '선생님이 내 질문에 하던 일을 멈추셨다'와 같이 과거의 경험을 현재로 옮겨 서술할 때 사용해요.

9. '돼'와 '되'

'안 돼'와 '안 되' 중 무엇이 맞을까요?

올바른 문장은 '안 돼'입니다. 자, 아래의 대화를 한번 읽어볼까요?

"지금은 돈이 없어. 일이 생각대로 되면 그때 이자까지 얹어서 줄게."

"그렇게는 안 돼. 일이 잘될지 안될지 알 수 없잖아. 만약 일이 안되면 나만 손해지."

위 대화의 문장을 살펴보면, '되다'가 어떻게 변형되는지 어렴풋이 알 수 있을 거예요. 일단 '되'가 '돼'로 바뀌는 문장을 찾아보세요. '그렇게는 안 돼'가 있네요.

또 다른 예를 들어볼까요. 여기 '사과 좀 먹어'라는 문장이 있습니다. 이때 '먹어'는 '먹다'의 어근 '먹'에 어미 '-어'가 결합된 것입니다. '안 돼' 역시 마찬가지입니다. '안 되어'를 줄여서 '안 돼'라고 쓰고 있는 것이죠. 따라서 '그렇게는 안 되'라고 쓴다면, '사과 좀 먹'으로 문장을 끝내는 것과 같아요.

그렇다면 '됐다'와 '됬다'는 어떨까요? 이것 역시 '됐다'가 맞는 표현입니다. '되었다'의 줄임말은 '됐다'이기 때문이죠. 헷갈릴 때는 '되어'를 집어넣어서 말이 되는지를 살펴보세요.

✚ '뵈다'의 경우도 위와 같은 규칙을 따릅니다. '다음에 또 봬요' 라고 인사말을 하는 경우가 있는데, 이때에도 원래는 '뵈어요' 라고 쓸 수 있는 것을 줄여서 '봬요'라고 쓰는 것이죠. 따라서 '뵈어요/봬요' 대신 '뵈요'라고 쓰면 틀린 문장이 된다는 걸 잊지 마세요.

10. '-므로'와 '-ㅁ으로'

'그럼으로'와 '그러므로' 중 무엇이 맞을까요?

문장의 맥락에 따라 달라집니다. 앞뒤 문장 사이에 '그렇게 함으로써'를 넣어서 의미가 통한다면 '그럼으로'를 사용하는 게 맞고, '그렇기 때문에'를 넣어서 의미가 통한다면 '그러므로'를 사용하는 게 맞습니다.

'그럼으로'는 '그리하다' 혹은 '그렇게 말하다'의 의미를 지닌 '그러다'가 변형된 말로, '그러다'에 대한 주어가 문장에 나타나 있어야 해요. 반면 '그러므로'는 앞 문장이 뒤에 이어질 문장의 이유나 근거, 원인이 될 때 사용합니다.

🔾 담배를 끊었다. 그럼으로(그렇게 함으로써) 건강을 지켰다.

☞ 내일 비가 올 예정이다. 그러므로(그렇기 때문에) 외출할 때
우산을 챙겨야 한다.

다른 예시를 통해 '-므로'와 '-ㅁ으로'의 용법을 더 정확히
익혀 볼까요?

☞ 이케아는 가구의 실용성에 가치를 둠으로(써) 인기를 얻
었다.

☞ 이케아는 가구의 실용성에 가치를 두므로(두기 때문에) 간
결한 디자인을 선호한다.

11. '-ㅁ'과 '-ㄹㅁ' (명사화)

'만듦'과 '만듬' 중 무엇이 맞을까요?

올바른 문장은 '만듦'입니다. 동사나 형용사를 명사화할 때 받
침이 자주 헷갈리곤 하죠. 왠지 '-ㄹㅁ'을 쓰면 어색하지만, 그
냥 '-ㅁ'만 쓰자니 틀린 것 같고 말입니다.

동사나 형용사의 어간이 받침으로 끝나는 경우에는 대체로
'-음'을 결합해서 명사형을 만들어요. 즉, '먹다', '넓다', '적
다'처럼 어간에 받침이 있는 경우에는 어간에 '-음'을 붙여
서 명사화합니다.

먹다 ☞ 먹음

넓다 ☞ 넓음

적다 ☞ 적음

한편, 어간이 받침 없이 모음으로 끝났다면 '-ㅁ'을 결합합니다.

　　이기다 ☞ 이김

　　기쁘다 ☞ 기쁨

　　사랑하다 ☞ 사랑함

그런데 어간이 'ㄹ' 받침으로 끝났다면 달라집니다. 모음으로 끝난 경우와 마찬가지로 '-ㅁ'을 결합하는데 이때 'ㄹ' 받침이 'ㅁ' 앞에서는 탈락하지 않아요. 따라서 '만들다'를 명사화할 때는 어간 '만들'에 'ㅁ' 받침을 그대로 붙여서 '만듦'이라고 써야 해요.

　　거칠다 ☞ 거칢

　　살다 ☞ 삶

　　알다 ☞ 앎

Part

둘 다
사전에
있으나

①

헷갈려
쓰는
말

결재 : 결제

| 결재 결제 | ▼ | 🔍 |

✓ **관련도순**　✓ 최신순　✓ 오래된순

○○카드, '호텔 멤버십' 포인트로 결재

△△경제 ｜ 2020. 00. 00

결제금액의 0.5%가 적립되고 전국 5만여 곳의 가맹점에서 사용할 수 있다. ○○카드를 이용하면 특급 호텔의 멤버십을 100% 포인트로 결제할 수 있다. 특히 S 호텔의 멤버십 서비스인…

교통 서비스, 검색·예약·결제까지 '한 번에'

뉴스□□ ｜ 2020. 00. 00

교통수단 검색과 예약 및 결제가 한 번에 해결되는 스마트 모빌리티 플랫폼 구축이 그 첫 삽을 들었다. 다양한 이동수단을 통합해 경로검색·예약·결제까지 가능한 통합 서비스를 제공하기 위해…

전자책 이용 안 했다면 결제 7일 지나도 '환불 가능'

◇◇일보 ｜ 2020. 00. 00

문화누리카드, 도서상품권, 해피머니상품권, 문화상품권, 페이팔, 해외발행 신용카드 등으로 결제한 경우 환불이 불가하도록 규정했으나 시정 후에는 해당 수단을 통해 결제한 이용자도 환불이…

글깨나 쓰는 기자들조차 헷갈리는 '결제'와 '결재'. '결제'는 값을 치르는 것이고 '결재'는 회사나 조직 등에서 어떤 안건을 결정권자가 승인하는 것이지요. 두 단어 각각의 뜻은 알지만 발음도 글자 모양도 비슷해서 쓸 때마다 혼동하기 일쑤예요. 그래도 기자님들, 너무하셨네요. 같은 기사에서 두 단어를 혼용하시다니요. '결제'와 '결재'가 헷갈리는 기자님들, 그리고 독자 여러분. 딱 하나만 기억하면 쓸 때마다 이제 더는 멈칫하거나 사전을 찾아볼 일이 없을 거예요. '결제'의 의미를 생각하면 돼요. 현금, 신용카드, 상품권, 증권, 어음 등 뭐가 됐건 돈을 지불하는 행위, 다시 말해 '경제' 활동이잖아요. 설마 '경제'를 '경재'로 잘못 아시는 분은 없겠죠? 자, 머릿속에 딱 박아둡시다. '경제는 결제!'

올바른 표현 알기

포인트로 결재 (X)
↳ 포인트로 <u>결제</u> (O)

검색·예약·결재까지 '한 번에' (X)
↳ 검색·예약·<u>결제</u>까지 '한 번에' (O)

부장님 결제부터 받으세요 (X)
↳ 부장님 <u>결재</u>부터 받으세요 (O)

곤욕 : 곤혹

'곤욕'과 '곤혹' 중 '-스럽다'가 붙을 수 있는 단어는? 둘 다입니다. 그렇다면 둘 중 '-을 치르다'와 어울릴 수 있는 단어는? '곤욕'뿐입니다. '곤욕'은 외부로부터 받는 것이고 '곤혹'은 문장의 주체가 스스로 느끼는 것이거든요. 좀 더 정확한 이해를 위해 국립국어원 온라인가나다의 설명을 들어보죠.

'곤욕'은 '심한 모욕 또는 참기 힘든 일'을 뜻하므로 '무슨 일을 겪어 내다'를 의미하는 '치르다'와 어울려 쓰는 것이 자연스럽습니다. 한편 '곤란한 일을 당하여 어찌할 바를 모름'을 뜻하는 '곤혹'과 '치르다'를 어울려 쓰는 것은 의미상 적절해 보이지 않습니다.

'곤혹'과 비슷한 '당혹'을 대입하면 분명히 이해가 됩니다. '당혹을 치르다'는 표현은 듣도 보도 못했을 테니까요. 그러니 '곤혹스럽다'를 하나의 단어로 새기고, '곤혹을 치르다'는 잊어버리세요.

올바른 표현 알기 | 그때 내가 곤혹을 치렀지 (X)
↪ 그때 내가 <u>곤욕</u>을 치렀지 (O)

너머 : 넘어

언제부턴가 웹과 SNS가 텔레비전이나 라디오 못지않게, 어쩌면 더 영향력 있는 매체가 되었어요. 하지만 빠르고 쉽게 제작되는 웹이나 SNS 콘텐츠의 특성상 맞춤법 오류의 온상이 되고 있는 현실이 아쉽습니다. 자막의 맞춤법은 말할 것도 없고 제목부터 틀린 경우도 허다하지요.

'넘어'와 '너머'는 발음뿐 아니라 뜻도 비슷해서 충분히 헷갈릴 법하긴 해요. '넘어'는 '넘다'라는 동사의 활용형이고, '너머'는 어떤 사물의 저쪽 공간을 가리키는 명사죠. 다시 말해 '넘어'는 동작, '너머'는 위치를 나타냅니다.

'산 너머 산'이라는 표현 자체가 틀린 건 아니에요. 다만 '갈수록 태산'과 같은 뜻의 속담인 '산 넘어 산'이 흔히 쓰이는 표현이고, 이 예능 프로그램의 취지에 맞는 제목 또한 '산 넘어 산'이 맞지 않나 싶습니다. '산 너머 산'이라고 하면 어쩐지 자연 경치를 다루는 다큐멘터리가 떠오르는걸요.

올바른 표현 알기

산 너머 산 : 하나의 산 저쪽에 또 산이 있는 광경을 가리킬 때

산 넘어 산 : 갈수록 어려운 지경에 처하게 되는 경우를 비유할 때

늘리다 : 늘이다

'늘리다'와 '늘이다' 둘 다 '늘어나게 하다'라는 뜻을 갖고 있지만, 아무렇게나 섞어 써도 되는 건 아니에요. 길이를 길게 한다는 뜻으로는 '늘이다'를 써야 하죠. 길이는 늘여야지 늘릴 수 없어요.

대신 길이만 빼고 나머지는 뭐든 늘릴 수 있답니다! 쪼이는 바지는 허릿단이나 바지통 길이를 '늘여서' 사이즈를 '늘려야'겠네요. 그러느니 새 바지를 구매하는 편이……, 아니 살을 빼는 편이……. 아니 미안합니다, 안 그래도 속상하실 텐데.

올바른 표현 알기 | 바지 허릿단 늘리는 방법 (X)
| ↪ 바지 허릿단 <u>늘이는</u> 방법 (O)
|
| 주문 수량을 늘여주세요 (X)
| ↪ 주문 수량을 <u>늘려주세요</u> (O)

맞추다 : 맞히다

과연 진짜 용한 점쟁이일까요? 글쎄요, 그건 각자의 판단에 맡기기로 하죠. 다만 어머님과 따님 중 한 분은 '맞추다'를 잘못 쓰고 계시네요. '맞추다'는 여러 가지 뜻이 있지만 이 모녀의 대화에서 맞게 쓰인 건 하나뿐이에요.

'맞추다'를 제대로 쓴 표현을 몇 가지 살펴볼게요. 퍼즐을 맞추다, 정장을 맞추다, 입을 맞추다······. 이 '맞추다'들의 공통점을 발견하셨나요? 바로 '둘 이상'의 대상을 서로 맞게 한다는 점이에요. 퍼즐 조각과 조각을, 몸과 정장을, 입과 입을 서로 '맞추는' 것이죠.

반면 맞는 대상이 하나인 경우는 '맞히다'를 써요. '정답을 맞히다', '과녁을 맞히다', '주사를 맞히다'가 대표적인 예죠. 그렇다면 두 사람 중에서 '맞추다'를 맞게 쓴 사람은 누구일까요? 정답을 맞혀보세요!

올바른 표현 알기 | 신통방통하게 다 맞추는 거 있지 (X)
↪ 신통방통하게 다 <u>맞히는</u> 거 있지 (O)

그냥 끼워 맞힌 거겠지 (X)
↪ 그냥 끼워 <u>맞춘</u> 거겠지 (O)

매다 : 메다

 # ──────────── 6

Q 면접 때 꼭 넥타이 메고 가야 하나요?

 비공개 · 2020.00.00 · 소회수 0000

아뇨, 가방을 메시고 넥타이는 매고 가세요.

Q+ 질문자 인사
정말 친절한 답변에 목이 매이네요.

A+ 답변자님의 추가답변
이런, 목이 매이면 큰일 나요! 목이 메는 정도면 몰라도.

'메다'는 어깨에 걸친다는 뜻이에요. 면접 때 넥타이를 어깨에 걸치고 가면, 음……. 뭐, 디자인이나 패션 쪽 면접이라면 개성을 인정받을 수도 있겠네요. 하지만 넥타이를 제대로 착용하는 방법은 목둘레에 '매는' 것이죠.

'메다'는 '막히거나 가득 차다'라는 또 다른 뜻이 있습니다. 특히 감정이 북받쳐 목구멍에 뭔가 차오르는 느낌을 가리킬 때 '목이 메다'라는 관용구로 쓰여요. 목이 '매이면' 자칫 죽을 수도 있지만, 목이 '메어' 죽기는 대단히 어려워요. 차이가 확실하죠? 아울러 '목이 메이다'도 틀린 표현임을 알아둡시다!

올바른 표현 알기	넥타이 메고 (X) ↪ 넥타이 <u>매고</u> (O) 가방을 매고 (X) ↪ 가방을 <u>메고</u> (O) 목이 매이네요 (X) / 목이 메이네요 (X) ↪ 목이 <u>메네요</u> (O)

바치다 : 받치다

ㅂ

꽃을

바치고 받친다

'바치다'와 '받치다'는 발음만 똑같지 뜻은 전혀 다릅니다. 아마 각각의 뜻은 누구나 잘 알 거예요. 다만 어떤 경우에 어느 단어를 써야 하는지가 헷갈리는 거죠. '바치다'는 '신이나 웃어른에게 정중하게 드리다, 무엇을 위하여 아낌없이 내놓거나 쓰다', 한마디로 '내어 주다'라는 뜻이에요. 주는 것이니만큼 받는 상대가 있어야겠죠? 그래서 '~에게', '~를 위해'와 함께 쓰여요. '너에게 이 노래를 바친다', '민주주의를 위해 목숨을 바쳤다'처럼요.

한편 '받치다'는 여러 가지 뜻이 있지만 가장 흔히 쓰이는 건 '밑에 대다'예요. 명사형인 '받침'을 떠올리면 한결 기억하기 쉬울 거예요. 밑받침, 컵 받침, 화분 받침……. 그래도 헷갈린다면 앞의 그림을 눈여겨 봐주세요. 일단 두 단어의 쓰임새가 다르다는 걸 인지하고, 각각 어떻게 쓰이는지 이미지로 새기면 앞으로 쉽게 구분할 수 있을 거예요.

올바른 표현 알기

꽃을 바치다 : '헌화하다', '누군가에게 꽃을 건네다'의 뜻으로 쓰일 때

꽃을 받치다 : '밑에 손이나 쟁반 따위를 대어 꽃을 얹는다'는 뜻으로 쓰일 때

배다 : 베다

 ——————————————— 8

상품후기　　　　　　　　　　　Q & A

★★★★★　자미솔솔 베개, 이거 배고 자면
　　　　　다음 날 온종일 상쾌해요.　　　　　　　잠탱이

★★★★★　목을 잘 받쳐줍니다. (1)　　　　　　　푸우러브

★★★★　　실제 씀. (1)　　　　　　　　　　○○페이 구매자

'배다'라는 동사는 크게 세 가지 경우에, 즉 '스며들다(예: 냄새가 배다)', '잉태하다(예: 아이를 배다)', '비좁다(예: 그물코가 배다)'의 뜻으로 쓰여요. 반면 '베다'는 '자르다(예: 칼로 베다)'와 '어떤 것 위에 머리를 누이다(예: 베개를 베다)'의 두 가지 뜻이 있습니다.

모음 'ㅐ'와 'ㅔ'는 발음과 글자 모양이 거의 같아서 많이들 혼동하는 듯해요. '베개'와 '배개'와 '배게' 중 어떤 게 맞는지 항상 헷갈리지 않나요? '베개'가 동사 '베다'에서 비롯된 단어임을 안다면 그리 헷갈리지 않을 거예요. '베개를 베다'로 기억해두면 좋겠지요!

올바른 표현 알기 | 이거 배고 자면 (X)
ↄ 이거 베고 자면 (O)

고기 냄새가 옷에 베다 (X)
ↄ 고기 냄새가 옷에 배다 (O)

부치다 : 붙이다

L_O_V_E 방 정리하다 발견한 추억 상자! 붙이지 못한 편지가 가득하다. 내가 짝사랑한 그 오빠는 잘 사나 몰라. 왠지 감성 돋는 밤.

#붙이지못한편지 #갖다버리자

종이에 펜으로 쓴 편지를 봉투에 넣고 우표를 '붙여' 상대방에게 '부치던' 시절이 있었지요. 이제는 편지나 엽서가 아닌 택배를 주로 부치는 시대이지만 예나 지금이나 '붙이다'와 '부치다'가 자주 잘못 쓰인다는 점은 변함이 없네요.

편지를 붙인다고요? 봉투에다 풀을 발라 상대방의 손바닥이나 등짝에, 하다못해 그 사람 집 담벼락에 딱 '붙이는' 걸 떠올리면 되겠습니다. 아, 그 정도로 정성을 쏟을 상대는 아니어서 끝내 붙이지 못한 것인가요? 하하, 웃기지 않은 개그는 잊어주시고, 이것만 기억해주세요. '우표는 붙이고, 편지는 부친다.'

올바른 표현 알기

붙이지 못한 편지 (X)
↪ 부치지 못한 편지 (O)

색종이에 풀을 부친 뒤 (X)
↪ 색종이에 풀을 <u>붙인</u> 뒤 (O)

비추다 : 비치다

반짝반짝 작은 별, 아름답게 비추네~

아닌데? 아름답게 '비치네'인데?

애들이 노래 가사에 얼마나 민감한지 아세요? 가사가 가물가물해서 대충 얼버무리다가 어린애한테 지적당하는 기분이란……. 별생각 없이 말하다 맞춤법을 지적당했을 때와 엇비슷하지 않을까 싶네요. 어른끼리는 대부분 조심스럽잖아요. 애들은 거침이 없어요. 앞뒤 안 재고 즉시 돌직구를 날린다니까요. 애들 앞일수록 맞춤법을 조심합시다!

아무튼, 반짝반짝 작은 별은 아름답게 '비치네'랍니다. 스스로 빛나는 것, 혹은 드러내는 것은 '비치다'거든요. 반면 '비추다'는 주어가 다른 대상에 빛을 쏘아 밝게 하거나 보이게 한다는 뜻이에요. '불빛이 방 안을 비추다', '거울에 얼굴을 비추다'처럼요.

올바른 표현 알기

반짝반짝 작은 별, 아름답게 비추네 (X)
↳ 반짝반짝 작은 별, 아름답게 <u>비치네</u> (O)

속이 비추는 옷 (X)
↳ 속이 <u>비치는</u> 옷 (O)

심난하다 : 심란하다

'심란'

'심난'

고백하자면, 저도 이 두 단어만큼은 항상 헷갈려요. '마음이 뒤숭숭하다'는 뜻을 표현하고자 할 때마다 사전을 찾아본다니까요. '심난'은 어려운 처지를 가리키고 '심란'은 마음이 어수선하다는 뜻이에요.

'심난한' 상황에 처하면 으레 마음도 '심란하기' 마련이잖아요? 그래서 그게 그거 같지만 사실 그게 그거가 아닙니다. 한자를 잘 아는 사람이라면 '심난(甚難: 심히 어려움)'과 '심란(心亂: 마음이 어지러움)'을 구분하기 한결 쉬울 텐데요. 안타깝게도 한자에 약한 저는 무작정 외우거나 매번 사전을 찾아보는 수밖에 없네요.

올바른 표현 알기 | 마음이 심난해 (X)
↪ 마음이 **심란해** (O)

집안 형편이 심란해서 (X)
↪ 집안 형편이 <u>심난해서</u> (O)

어떡해 : 어떻게

──────────────────────────── **⑫**

OO오빠 그렇게 잘생기면 어떡해요!

답글달기

⚡ **OO오빠** 몇 초 전
어떡해요가 아니고 어떻해요!
우리 모두 공부합시다~!

어머나, 오빠! 진짜 어떡해요, 오빠가 틀렸어요. (ㅠㅠ) '어떡하다'는 '어떠하게 하다'의 준말인 '어떻게 하다'를 또 줄인 말이에요. '어떡해'와 '어떻게'는 발음이 비슷하지만 쓰임은 전혀 달라요. '어떡해'는 서술어로만 쓰이고 '어떻게'는 부사형 활용이라 그 자체로 문장을 끝맺을 수 없답니다. '어떻하다'라는 표현은 아예 틀린 것이고요.

하지만 괜찮아요 오빠, 팬들의 '찐' 사랑은 이 정도로 흔들리지 않아요. 그런데 다음번에도 틀리면 조금 실망할 것 같아요. (^^)

올바른 표현 알기 | 나 어떻해요 (X)
↳ 나 어떡해요 (O)

연애 : 연예

10년 연예에 마침표를 찍네요... ㅠㅠ

 Oran*** · 2020.05.20. 16:57　　　　　　　　 댓글 37

하아, 결국 헤어졌습니다.
너무 긴 연예는 독인가 봅니다.
오래 사귄 만큼 잊는 데도 오래 걸리겠죠...

사연은 마음 아프지만, 연예인이 은퇴 선언하듯 그러지 맙시다. 러브(love)는 '연애', 엔터테인먼트(entertainment)가 '연예'라고요. 연예 기획사가 소속 연예인을 '아티스트(artist)'라고 부르죠? 한마디로 예술가라는 거예요. 대중 예술가를 칭하는 용어인 '예능인'이 요즘은 '연예인'과 동의어로 쓰이고요.

잊지 마세요. 예능은 연예인이, 연애는 애인이 합니다. '연애인'이라는 단어는 없어요!

올바른 표현 알기 | 10년 연예에 마침표를 찍네요 (X)
↪ 10년 연애에 마침표를 찍네요 (O)

제일 좋아하는 연애인 (X)
↪ 제일 좋아하는 연예인 (O)

잃다 : 잊다

어, 내 지갑…….

또 잊어버렸어?
벌써 몇 번째냐, 이게.

'잃다'와 '잊다' 모두 뭔가가 '사라진다'는 의미로 쓰여요. 단 기억이나 생각 등을 잃는 경우에만 '잊다'라고 표현하죠. 그런데 어째서 말로 발음하면 '잃다'를 써야 할 때에도 '잊다'가 튀어나오는 걸까요? 사실 물건 챙기기를 '잊어버려서' 그 물건을 '잃어버리기' 마련인지라, 대화 중에는 둘 중 아무거나 써도 묘하게 뜻이 통하잖아요?

하지만 이 둘은 엄연히 쓰임새가 다릅니다. 물건이 사라졌을 때는 '잃다', 기억이 사라졌을 때는 '잊다'로 전달하고자 하는 뜻에 맞게 구분해 사용하자고요.

올바른 표현 알기	또 (지갑을) 잊어버렸어? (X)
	↪ 또 잃어버렸어? (O)
	또 (지갑 챙기는 것을) 잃어버렸어? (X)
	↪ 또 잊어버렸어? (O)
	약속을 까맣게 잃어버렸어 (X)
	↪ 약속을 까맣게 잊어버렸어 (O)

재고 : 제고

김팀장

> 부장님, 지난번 마케팅 예산 건이요,
> 완전히 결정된 건가요?
> 혹시 제고의 여지는 없나요?
> 아무래도 걸리는 부분이 있어서요...

> 어쩌자는 건가?
> 걸리는 부분이 있는데 왜 제고를 해?

ㅈ

보기에는 한 끗 차이여도 뜻은 정반대에 가까운 두 단어예요. '재고'는 '다시 고려함', 즉 어떤 일을 중단하고 재검토한다는 뜻인 반면 '제고'는 '쳐들어 높임', 즉 어떤 일이나 현상을 더욱 북돋운다는 뜻이죠. 그러니 뭔가 걸리는 부분이 있는 안건을 제고해달라는 팀장의 요청이 부장님 눈에는 황당할 수밖에요. 흠, 부장님은 팀장의 의도를 알고 계실 겁니다. 알면서 짐짓 반문하신 거겠죠. 부디 김팀장의 맞춤법 실수가 여기서 그쳐야 할 텐데요……. 이런 식의 자잘한 실수가 쌓이면 부장님은 김팀장의 능력을 '재고'하게 될지도 몰라요.

올바른 표현 알기 | 제고의 여지가 없다 (X)
↪ 재고의 여지가 없다 (○)

채 : 체

소화가 안 되어서 속이 답답한 증상을, 우리는 '체했다'고 합니다. 비슷한 표현으로는 '먹은 게 얹히다', '체기가 있다'를 꼽을 수 있지요.

그런데 이 '체하다'는 보조 동사로도 쓰입니다. 이때는 '~척하다'와 마찬가지로 '행동이나 상태를 거짓으로 그럴 듯하게 꾸미는 것'을 뜻하지요. 즉, '잘난 척하다', '예쁜 척하다'와 같은 문장을 '잘난 체하다'나 '예쁜 체하다'로 바꾸어 쓸 수 있습니다.

그렇다면 '옷을 입은 체로 잠이 들었다'는 이 문장은 어떨까요? 이때도 '체'로 쓰는 게 맞을까요? 아닙니다. 현 상태 그대로 이어지는 것을 뜻할 때는 의존 명사인 '채'를 써야 합니다. 따라서 '옷을 입은 채로 잠이 들었다'로 써야 맞습니다.

올바른 표현 알기

동생이 삐진 채하더라고 (X)
↪ 동생이 삐진 체하더라고 (O)

옷을 입은 체로 (X)
↪ 옷을 입은 채로 (O)

둘 다
사전에
있으나

②

잘못
쓰는
말

가감 : 과감

게시판

🙂 Miy*** · 2020.07.20 16:05   💬 댓글 88 ⋮

꺄아, 보너스 탄 김에 과감 없이 질렀어요!

'과감하다'는 '과하게 용감하다'로 풀면 대체로 들어맞아요(사전적 풀이와는 상관없는 뜻풀이입니다). 그런데 '과감 없이'라고 하면 표현하고자 하는 뜻과 정반대가 될뿐더러 맞춤법이나 문법에도 맞지 않아요.

아마 '가감 없이'라는 표현이 있어서 많이들 혼동하는 것이겠죠. '가감'은 '더하고 뺌'이라는 뜻이고, '가감 없이'란 '더하거나 빼지 않고 있는 그대로'를 뜻하는 표현이에요. 그러니 필요한 물건은 '과감히' 사고, 구매 후기는 '가감 없이' 남기도록 해요.

올바른 표현 알기

과감 없이 질렀어요 (X)
↪ 과감하게 질렀어요 (O)

상품평을 과감 없이 얘기해보세요 (X)
↪ 상품평을 가감 없이 얘기해보세요 (O)

건투 : 권투

아니, 소개팅 상대와 치고받고 싸울 일 있나요? '권투'는 우리가 잘 아는 그 스포츠 경기, 그러니까 두 선수가 글러브를 끼고 맞붙어 누가 더 많이 때리고 잘 막나 싸우는 경기 말고 다른 뜻은 없다고요.

권투나 건투나 '싸움'의 의미가 있지만 뭔가를 잘 해내라고 응원할 때는 '건투를 빈다'라고 써야 해요. '건투(健鬪)'의 한자를 풀면 '굳세게 싸움'입니다. 목적을 이루기 위해 흔들리지 않고 씩씩하게 어려움을 헤쳐간다는 의미예요. 그러니 누군가 중요한 일을 앞두고 있다면 그 사람의 '권투'가 아닌 '건투'를 빌며 응원해줍시다.

올바른 표현 알기 | 권투를 빈다 (X)
 ↺ 건투를 빈다 (O)

낫다 : 낳다

 OOO*** (221.167) 2020.07.31. 15:45:12

한달연봉2억 vs 무기징역3년 어떤 게 더 낳나요?

댓글 달기 ▼ | 새로고침

OO (121.167)	ㄴ 넌 그걸 질문이라고 하냐
OO (232.136)	ㄴ 한 달 연봉 2억은 대체 무슨 소리지
OO (57.127)	ㄴ 무기징역이 3년이 어딨고 낳긴 뭘 낳아...

'완벽하게 틀린 문장'이라는 제목으로 인터넷에 떠도는 우스 개인데요, 아무래도 글쓴이가 노린 것 같아요. 정말이지 놀랍 도록 완벽하게 틀렸잖아요! 아니나 다를까, 누군가가 댓글을 달았지요. '낳긴 뭘 낳아……' 맞아요. 아기를 낳거나 결과를 낳을 수는 있지만, 무엇이 무엇보다 더 낳을 수는 없답니다!

'낳다'는 '출산하다' 또는 '어떤 결과를 이루거나 가져오다' 라는 뜻입니다. 그런데 '더 좋다' 또는 '건강을 회복하다'라 는 뜻의 '낫다'가 들어갈 자리에 '낳다'를 쓰는 경우가 참 많 지요. '감기는 좀 낳았어?' '어떤 게 더 낳아 보여?' '보다 낳은 미래를 위해……'

세계 꼴찌라는 출산율을 높여 우리 모두 애국자가 되자는 갸륵 하지만 오지랖 넓은 주장을 펼치는 게 아니라면 '나' 밑에 'ㅎ' 을 굳이 붙이고 싶은 충동을 참아주세요. '낫다'는 모음으로 시 작하는 어미가 붙으면 'ㅅ' 받침이 탈락하거든요. '나아, 나아 라, 나아서, 나으니, 나으면, 나은……'

지금 이 순간 드는 생각. 이 책이 맞춤법 현실에 지금보다 '나 은' 결과를 '낳을' 수 있다면 더 바랄 나위가 없겠네요.

올바른 표현 알기

어떤 게 더 낳나요? (X)
↳ 어떤 게 더 나은가요? (O)
　어떤 게 더 낫나요? (O)

모두의 노력이 좋은 결과를 나아서 (X)
↳ 모두의 노력이 좋은 결과를 낳아서 (O)

다르다 : 틀리다

(#) —————————————— ⑳

틀린 게 아니라
다른 것입니다!

개인적으로 좋아하는 슬로건이에요. 내 기준과 '다르다'고 해서 무조건 '틀렸다'고 여기는 태도를 돌아보게 하지요. '다르다'고 말해야 할 때 저도 모르게 '틀리다'라고 말하는 습관도 어쩌면 그런 태도에서 기인한 것 아닐까요?

그런데요, 맞춤법에 관한 한 틀린 건 틀린 거예요. 정답이 있는 '법칙'이니까요. '같지 않음'을 뜻하는 '다르다'가 쓰일 자리에 '옳지 않음'을 뜻하는 '틀리다'를 쓰는 건 누가 뭐래도 '틀린' 표현이랍니다.

올바른 표현 알기 | 너와는 의견이 틀려서 (X)
☞ 너와는 의견이 <u>달라서</u> (O)

드러내다 : 들어내다

 (#) ——————————— (21)

이를 '들어내고' 어떻게 자신 있게 웃나요? '들어내다'는 '들어서 밖으로 옮기다'라는 뜻입니다. 이를 들어내는 건 치료가 아니라 고문이라고요.

'뭔가에 가려져 보이지 않던 것이 보이게 된다'는 뜻으로 쓰는 단어는 '드러내다'예요. 가렸던 물체를 '들어내면' 가려졌던 것이 '드러나'지요. 발음이 똑같아서 헷갈렸던 두 단어, 이제 차이를 정확히 알겠죠?

올바른 표현 알기 | 하얀 이를 들어내고 (X)
↪ 하얀 이를 <u>드러내고</u> (O)

방에서 책상부터 드러내요 (X)
↪ 방에서 책상부터 <u>들어내요</u> (O)

들르다 : 들리다

깔깔 게시판　　　　　전체　▼　　◯　　★　　✎

소름...

감기 때문에 병원 들렀다가 집에 가는 길이었는데, 고양이 하악질 소리가 들리지 뭐야. 무슨 일인가 싶어서 소리 나는 쪽으로 가봤거든? 길냥이가 버둥대면서 하악거리고 있었어. 그런데 말이야, 얘가 허공에 떠 있었어!!!!! 네 발이 다 들려 있었다니까???? 와, 내가 뭘 본 거지? 귀신 들린 고양이? 이게 말로만 듣던 그 폴터가이스트라는 건가. 어우, 다시 생각해도 소름……. 그냥 감기 들려서 헛것을 본 거면 좋겠다, 진심.

게시판 글에서 어색한 부분을 발견하셨나요? 고양이가 공중에 떠 있는 게 이상하다고요? 아니, 그거 말고요. 그럼 더는 어색한 부분이 없다고요? 아니에요. 있어요, 있다고요.

소리가 '들리고' 뭔가가 위로 '들리고' 귀신에 '들리고' 감기가 '들릴' 수도 있지만, 어떤 장소에 '들릴' 수는 없습니다. 지나가다 잠깐 어딘가에 들어가 머무른다는 뜻의 동사는 '들리다'가 아닌 '들르다'니까요.

'들리다'를 잘못 쓰는 경우는 못 봤지만, '들르다'를 제대로 쓰는 경우도 드문 걸 보면 이 단어 자체를 '들리다'로 잘못 아는 사람이 대부분인 것 같아요. 그래서 "이따가 우리 집에 잠깐 들렸다 가", "알았어, 6시쯤 들릴게" 식의 대화가 자연스럽게 이루어지곤 하죠. 하지만 여기서 올바른 표현은 '들렀다 가'와 '들를게'랍니다. 기본형이 '들르다'임을 알기만 하면 활용도 바르게 할 수 있을 거예요. 장소에는 '들르다', 이제 알았으니 바르게 쓸 일만 남았네요.

올바른 표현 알기 | 병원 들렸다가 (X)
                         ↪ 병원 <u>들렀다가</u> (O)

                          퇴근길에 들릴게 (X)
                         ↪ 퇴근길에 <u>들를게</u> (O)

띠다 : 띄다

'눈에 보인다'는 뜻을 지닌 단어는 '띄다'예요. '뜨이다'의 줄임 말이죠. 그런데 '띠다'도 '빛을 띠다', '웃음기 띤 얼굴'처럼 시각과 관련된 의미가 있어서 헷갈립니다. 이럴 때는 '지니다'를 대입해보세요. '빛을 지니다', '웃음기 지닌 얼굴'은 말이 되지만 '눈에 지니는 미모'는 말이 안 되잖아요.

그리고 발음이 비슷해서 그런지 '눈에 뛰다'라고 쓰는 경우도 의외로 많아요. '뛰다'는 달리기와 점프 동작만을 의미하고 비유적으로 '어떤 분야(특히 스포츠 분야)에서 활동하다'라는 뜻으로 쓰여요.

한편 '띄다'는 '(간격을) 띄우다'의 준말이기도 해요. 그래서 서술어로서 '띄워 쓰다'와 '띄어 쓰다'는 두 가지 다 맞는 표현이랍니다. 그럼 '띄워쓰기'도 맞지 않냐고요? 네, 맞지 않아요. 문법 용어인 '띄어쓰기'만 바른 표기로 인정됩니다. 참, '띄다'에서 파생한 부사 '띄엄띄엄'도 자주 틀리는 단어예요. '띠엄띠엄'이라고 잘못 표기하지 않도록 주의합시다.

올바른 표현 알기 | 눈에 띠는 미모 (X)/눈에 뛰는 미모(X)
⟶ 눈에 <u>띄는</u> 미모 (○)

띠엄띠엄 놓아라 (X)
⟶ <u>띄엄띄엄</u> 놓아라 (○)

무난하다 : 문안하다

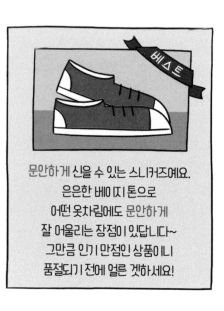

문안하게 신을 수 있는 스니커즈예요.
은은한 베이지톤으로
어떤 옷차림에도 문안하게
잘 어울리는 장점이 있답니다~
그만큼 인기 만점인 상품이니
품절되기 전에 얼른 겟하세요!

잘못 쓰이는 빈도로 보면 '문안하다'는 '희안하다'와 쌍벽을 이루는 단어인 것 같아요. 주로 '무난하다'가 쓰일 자리에 '문안하다'를 쓰는 경우가 많죠.

'문안하다'는 웃어른께 안부를 여쭙는 것인데 상품 소개나 구매 후기에 '문안하다'라니 정말 뜬금없지 않습니까? 두 단어는 품사도 달라서 동사인 '문안하다'를 '문안하게'로 활용하는 것도 어색하기 짝이 없어요. 소름 돋는 정도는 아니어도 그럭저럭 괜찮다는 말을 간단히 표현하고 싶을 때는 그냥 무난하게 '무난하다'를 씁시다.

올바른 표현 알기 | 문안하게 어울리는 (X)
↳ <u>무난하게</u> 어울리는 (O)

반드시 : 반듯이

(#) ─────────── (25)

**마스크를 반드시
착용해주세요.
꼭이요, 꼭!**

- -

**마스크를 반듯이
착용해주세요.
코스크, 턱스크, 팔스크는 안 돼요!**

'반듯이'는 '비뚤지 않게, 즉 곧고 바르게'라는 뜻이고 '반드시'는 '틀림없이, 꼭, 기필코'라는 뜻이에요. 두 단어의 발음이 똑같은 데다 둘 다 문장에서 '어떻게'의 자리에 들어가는 부사어라 잘못 쓰여도 틀린 줄 모르고 넘어가는 경우가 많아요. 하지만 엄연히 뜻이 다릅니다! '반드시' 구분해 '반듯이' 사용해야 한답니다.

'마스크를 반드시 착용해주세요'와 '마스크를 반듯이 착용해주세요'의 경우 상황에 따라서 모두 맞는 말입니다. 그러므로 어떤 의도냐에 따라 구분해서 정확한 단어를 사용하세요.

올바른 표현 알기

이 일은 반듯이 해내겠어 (X)
↳ 이 일은 <u>반드시</u> 해내겠어 (O)

의자에 반드시 앉아 (X)
↳ 의자에 <u>반듯이</u> 앉아 (O)

실증 : 싫증

내게 '실증 났다'고 하는 사람은 되도록 빨리 보내주어야 합니다. 계속 붙잡고 있다가는 '됐고, 나 먼저 간다', '당분간 얘기하지 말자', '니가 더 어의없어' 같은 분노 유발 맞춤법 폭격을 경험하게 될지도 모르니까요.

어떤 영화에 대한 멋진 분석을 읽은 적이 있습니다. 한참 재미있게 읽고 있는데 마지막에 '그래서 그런 결말에 실증을 느꼈다'라는 감상평을 본 순간 아우, 어찌나 싫증이 나던지요. '싫은 생각이나 느낌'을 표현할 때는 '실증'이 아니라 '싫증'이라고 써야 합니다.

심지어 '실증'은 '싫증'과는 전혀 다른 뜻을 지닌 단어입니다. '확실한 증거' 혹은 '실제로 증명함'이라는 뜻을 지니고 있고, '그 연구에 대한 실증을 요구했다'와 같은 식으로 쓰이지요.

올바른 표현 알기	너에게 실증 났어 (X)
	↪ 너에게 싫증 났어 (O)
	몇 번을 봐도 실증 나지 않네 (X)
	↪ 몇 번을 봐도 싫증 나지 않네 (O)

싸이다 : 쌓이다

배우 OOO, 베일에 쌓인
예비 신랑 최초 공개!

......엥?

베일은 얼굴을 가리는 용도로 쓰이는 얇은 망사를 말해요. 신비롭거나 비밀스럽게 가려져 있는 상태를 '베일에 싸이다'라고 비유적으로 표현하죠. '싸이다'와 '쌓이다'는 발음이 같고 둘 다 뭔가에 '덮인다'는 의미가 있어 혼동하기 쉬워요.

두 단어의 결정적 차이는 '방향'이에요. '싸이다'는 옆으로 덮이는 것, '쌓이다'는 위로 덮이는 것을 가리킨답니다. 덧붙여 '쌓이다'는 '여러 겹'으로 포개어 얹히는 상태를 말해요. 본딧말인 '싸다'와 '쌓다'를 떠올리면 단박에 이해가 될 거예요. 이래저래 따지기 번거롭다면 그냥 옆 페이지의 삽화를 10초간 응시하세요. 다음번에 혹 '베일에 쌓이다'라는 표현을 쓰려다가도, 이 어색한 모습이 퍼뜩 떠올라 '싸이다'로 고쳐 쓰게 될걸요?

아울러 '싸이다'의 자매품 격인 '둘러싸이다', '에워싸이다', '휩싸이다'도 '둘러쌓이다', '에워쌓이다', '휩쌓이다'로 잘못 쓰지 않도록 유의합시다!

올바른 표현 알기

베일에 쌓인 (X)
↪ 베일에 **싸인** (O)

포장지에 쌓인 선물 (X)
↪ 포장지에 **싸인** 선물 (O)

택배상자가 싸여 있어 (X)
↪ 택배상자가 <u>**쌓여**</u> 있어 (O)

안치다 : 앉히다

사전에서 '안치다'를 찾으면 '밥, 떡, 찌개 따위를 만들기 위해 그 재료를 솥이나 냄비 따위에 넣고 불 위에 올리다'라고 나와요. 생소할 수 있는 단어인데 '앉히다'와 발음이 똑같죠. 실제로 '안치다'는 '앉히다'에서 유래한 단어입니다. 재료가 담긴 조리 용기를 불 위에 '앉히는' 것이니까요.

사실 '안치다'의 사전적 의미를 엄밀히 따져보면 '밥을 짓는다', '밥을 한다'의 뜻으로, 흔히 쓰이는 '밥솥에 밥을 안치다'라는 표현은 틀린 것 같아요. '쌀을 안치다'라면 몰라도 말이죠. 밥을 만들기 위해 밥을 솥에 넣고 불에 올린다? 뭔가 이상하지만, 사전에 의하면 둘 다 맞는 표현이래요. 쌀이든 밥이든 식재료를 '앉힐' 방도는 없으니 좌우지간 요리와 관련된 거라면 '안치다'를 사용하면 됩니다.

올바른 표현 알기 | 밥 좀 앉혀놔 (X)
↻ 밥 좀 <u>안쳐놔</u> (O)

여위다 : 여의다

소중한 사람을
여의어

얼굴이
여위다

'여의다'만큼 애끊는 단어가 또 있을까요? 그냥 이별도 슬픈데 '부모나 사랑하는 사람이 죽어서 이별하다'라니요. 살다 보면 누구나 겪을 수밖에 없는 일이지만 '나'를 주어로는 결코 쓰고 싶지 않은 단어입니다. 이 단어를 대하니 요즘 말로 '엄근진(엄격 · 근엄 · 진지)'해지네요. 그러니 제발 '여위다'로 틀리게 쓰지 마세요.

'여위다'는 '살이 빠져 파리하게 되다'라는 뜻입니다. 사실 '건강해 보이지 않을 정도로 마르다'라는 부정적인 어감을 내포하지만, 마른 몸매가 대세인 이 시대에 '여위었다'고 하면 주변의 부러움을 살 일이긴 하죠. 아무튼 '여의다'와 혼동해선 안 될 단어예요. 평생 단 한 번도 말라본 적 없는 저도 '여위고'는 싫어요. 하지만 누구도 '여의고' 싶진 않네요.

올바른 표현 알기　　사랑하는 사람을 여위고 (X)
　　　　　　　　　　　↳ 사랑하는 사람을 <u>여의고</u> (O)

　　　　　　　　　　　얼굴이 여의었어 (X)
　　　　　　　　　　　↳ 얼굴이 <u>여위었어</u> (O)

얘기 : 예기

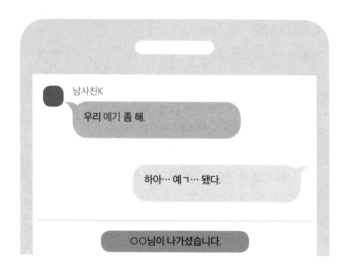

'이야기'의 준말인 '얘기'를 '예기'나 심지어 '애기'라고 쓰는 이유는 뭘까요? 처음엔 단순한 오타인 줄 알았어요. 하지만 온라인에서 '예기'나 '애기'가 꽤 심심찮게 보인다는 건 그만큼 많은 사람이 잘못 알고 있다는 '얘기'겠죠.

'예기'는 '예측하다, 기대하다, 예견하다'와 같이 앞일을 미리 생각하고 기다린다는 뜻이에요. '애기'는 '아기'를 귀엽게 발음한, 그렇지만 표준어가 아닌 말이고요. 어쨌든 둘 다 '얘기'와는 발음과 형태가 (똑같지도 않고) 비슷할 뿐, 각각 전혀 다른 뜻을 지닌 단어랍니다.

올바른 표현 알기 | 우리 예기 좀 해 (X)
              ↳ 우리 <u>얘기</u> 좀 해 (O)

주위 : 주의

[팀장] △△△ 님의 말:

○○씨, 이번 PT 자료는 대외 발표용이니까 맞춤법 좀 신경 써줘.

[사원] ○○○ 님의 말:

넵, 주위하겠습니다.

아, ○○씨... 주위가 $!$$##........

전송

차라리 '넵'에서 끝냈으면 좋았을 것을, '주위하겠다'는 잘못된 말로 팀장님의 심기를 건드리셨네요. 안 그래도 팀장님이 맞춤법에 신경 써달라고 당부한 참인데 말이죠.

'주위하다'라는 단어는 존재하지 않아요. '어떤 것의 둘레 또는 주변'을 가리키는 '주위'라는 단어는 있지만요. '마음에 새기고 조심하다' 또는 '어떤 것에 관심을 기울이다'의 뜻으로 쓸 수 있는 올바른 단어는 '주의하다'뿐입니다.

올바른 표현 알기 | 앞으로 주위하겠습니다 (X)
↪ 앞으로 주의하겠습니다 (O)

칠칠맞다 : 칠칠맞지 못하다

엄마

어휴, 너는 칠칠맞게 왜 그러니…
엄마가 꼭 다 챙겨줘야겠어?

아니,
엄마가 안 챙겨줘도
아무 문제 없다고!

누군가가 '너 참 칠칠맞구나'라고 하면 그것은 칭찬일까요, 욕일까요? 만약 '칠칠맞지 못하다'고 하면요? 일단 '칠칠맞다'의 뜻부터 알아봐야겠네요. 사전을 찾아보니 '칠칠맞다'는 '칠칠하다'를 속되게 표현하는 말이래요. 그래서 내친김에 '칠칠하다'도 찾아봤습니다. 그랬더니 '깨끗하고 단정하다', '성질이나 일 처리가 반듯하고 야무지다'라는 칭찬에 가까운 설명들이 이어지네요. 즉, '야무지고 단정한 것'을 '칠칠하다'라고 표현하고, 그렇지 못한 것을 '칠칠하지 못하다', '칠칠치 못하다'라고 표현하는 것이로군요.

그런데 '칠칠맞다'는 '칠칠하다'를 약간 상스럽게 표현하는 말이므로 뜻이 같더라도 칭찬의 의미로는 쓰이지 않고, 오히려 부정의 의미를 강조하는 식으로 쓰입니다. 즉, '칠칠맞지 못한 것' 이렇게 쓰면 비난의 의미가 한층 더 강해지는 것이지요.

정리를 해보자면, '칠칠하다'라는 말은 칭찬이지만 요즘에는 잘 쓰이지 않는 표현입니다. 대신 반대의 의미를 지닌 '칠칠하지 못하다'나 '칠칠맞지 못하다'와 같은 표현이 쓰이지요. 그러니 혹시 누군가를 핀잔주고 싶을 때는 '칠칠맞다' 대신, 꼭 '칠칠맞지 못하다'라고 해야 한답니다.

올바른 표현 알기 | 칠칠맞게 물건을 흘리고 다니니 (X)
↳ <u>칠칠맞지 못하게</u> 물건을 흘리고 다니니 (O)

사전에
없는데

③

사용
하는
말

가르키다 : 가르치다

아이는 어른의 거울이라고 하죠. 어른처럼 할 줄도 모르면서 어른처럼 하려고 기를 써요. 그래서 어른은 아이 앞에서 말투 하나, 행동 하나도 조심하게 되지요. 맞춤법도 그래요. 어른들이 무심코 잘못 쓰는 말을 아이는 자연스레 배우고 당연히 여긴답니다.

부모와 선생님을 비롯한 어른들은 아이에게 '가르쳐줄' 것이 무척 많아요. 그럴 때마다 "내가 가르켜줄게"라고 말하면 아이도 '가르키다'가 틀린 줄 모르고 자라지 않겠어요?

'상대방이 모르는 것을 알게 해준다'는 뜻의 '가르치다'와 '방향을 일러준다'는 뜻의 '가리키다'를 혼동해 쓰는 경우도 많습니다. 거기에 한술 더 떠서 '가르키다'라는 아예 없는 말이 자주 쓰이는 현실. '가르키다'가 입에 착착 붙는 게 발음하기 가장 편하긴 하지만 안타깝게도 틀린 표현이에요.

올바른 표현 알기 | 엄마가 가르켜줄게 (X)
                                     ⟳ 엄마가 <u>가르쳐줄게</u> (O)

                                     내 친구한테도 가리켜줘야지 (X)
                                     ⟳내 친구한테도 <u>가르쳐줘야지</u> (O)

건들이다 : 건드리다

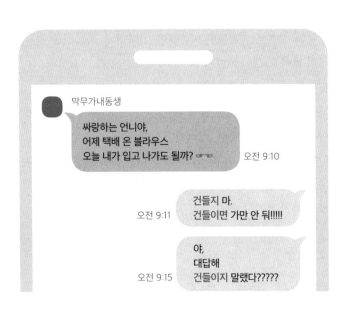

막무가내동생

싸랑하는 언니야,
어제 택배 온 블라우스
오늘 내가 입고 나가도 될까? 오전 9:10

건들지 마.
건들이면 가만 안 둬!!!!!
오전 9:11

야,
대답해
건들이지 말랬다?????
오전 9:15

허락보다 용서를 구하기가 더 쉽다 했던가요? 어쩌면 동생은 언니의 맞춤법을 지적하고 싶어 손끝이 근질근질할지도 모르지만, 이럴 때는 더 이상 심기를 '건드리지' 않는 게 상책이죠. 모쪼록 자매간의 평화를 기원하며, 우리가 대신 언니의 맞춤법 오류를 바로잡아 봅시다.

'건들이다'는 '건드리다'를 잘못 쓴 표현이에요. 다만 '건드리다'의 준말인 '건들다'가 있어요. 따라서 '건드리면/건드리지' 또는 '건들면/건들지'가 맞는 표현이죠.

덧붙여, 준말인 '건들다'에 모음으로 시작하는 어미가 붙으면 본딧말로 되돌아가요. 그래서 '건들이다'가 아닌 '건드리다', '건들어/건들여'가 아닌 '건드려', '건들이니'가 아닌 '건드리니/건드니'가 된답니다.

올바른 표현 알기

물건을 건들이면 (X)
↪ 건드리면 (O) / 건들면 (O)

연필을 건들이지 (X)
↪ 건드리지 (O) / 건들지 (O)

살짝 건들었지 (X)
↪ 건드렸지 (O)

괴변 : 괴변 : 궤변

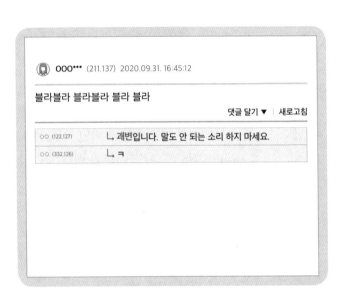

OOO*** (211.137) 2020.09.31. 16:45:12

블라블라 블라블라 블라 블라

댓글 달기 ▼ | 새로고침

| ○○ (122.127) | ㄴ, 괴변입니다. 말도 안 되는 소리 하지 마세요. |
| ○○ (332.126) | ㄴ, ㅋ |

이중 모음 중 'ㅚ', 'ㅙ', 'ㅞ'는 발음이 거의 같은 데다 모양도 복잡해서 이중으로 헷갈려요. '궤변'이 딱 그런 단어죠. 누군 가가 상대의 논리를 비난하면서 '궤변'이라 일축하는 장면, 특 히 정치 토론에서 자주 봤던 것 같네요.

듣거나 말할 때는 자연스러운데 글로 쓸라치면 어쩐지 멈칫 하곤 해요. '괴상한, 해괴한'을 연상해 '괴변'인 것도 같고, 어 디서 본 건 있어서 발음과 모양이 얼추 비슷한 '괘변'인 것도 같고……. 심지어 '개소리'라며 (아마도 일부러) '개변'이라고 비틀어 쓰는 경우도 있더라고요.

하지만 한자로 '속일 궤(詭)'를 쓰는 '궤변'이 맞아요. 요즘 온 라인상에서 댓글 따위로 많이들 갑론을박하던데, 주로 논리 로 상대를 반박할 때 쓰는 단어인 만큼 틀린 표기로 괜히 책 잡히지 맙시다.

올바른 표현 알기 | 괴변 늘어놓지 마 (X)
↳ 궤변 늘어놓지 마 (O)

구렛나루 : 구레나룻

자분치

구레나룻

머리가 짧은 사람이라면 구레나룻이 여간 신경 쓰이는 게 아니에요. 오죽하면 '남자의 생명은 구레나룻'이라는 시쳇말까지 있을까요. 구레나룻은 '굴레'의 옛말인 '구레'와 '수염'을 뜻하는 '나룻'이 합쳐진 순우리말로, 사전을 찾아보면 '귀밑에서 턱까지 잇따라 난 수염'을 뜻…… 어, 뭐죠? 수염? 수우여어

엄? 게다가 귀밑에서 턱까지?

맙소사! 세상에! 우리는 완전히 잘못 알고 있었어요! '구레나룻'을 '구렛나루'로 잘못 아는 건 둘째 치고, 아예 틀린 명칭을 쓰고 있었네요. 흔히 '구레나룻'이라고 아는 그 부위 털을 가리키는 알맞은 명칭은 '자분치'래요. 워낙 생소한 단어라 실생활에서 제대로 쓴들 통하기나 할지 의문이긴 하지만요.

정신 차리고 '구레나룻'으로 돌아가죠. 설마 '구레+나룻'이 순우리말 합성어이므로 맞춤법에 맞게 사이시옷을 넣는다는 복잡한 사고 과정을 거쳐 '구렛나룻' 또는 '구렛나루'라 쓰는 건 아니겠죠? 설령 그렇다 해도 정확히 규정에 따르자면 표준 발음이 [구렌나룯]이라는 전제가 있어야 사이시옷이 들어간답니다. 하지만 '구레나룻'의 실제 발음은 [구레나룯]이므로 사잇소리 현상으로 설명되지 않아요.

이미 '구렛나루'가 입에 붙었대도 어쩔 수 없어요. '구레나룻'이 눈에 익고 입에 붙을 때까지 반복해 되뇌는 수밖에요. '구레나룻'을 살려 헤어스타일과 언어 스타일 둘 다 잡자고요!

올바른 표현 알기 | 구렛나루가 있는 남자를 좋아해 (X)
& 구레나룻이 있는 남자를 좋아해 (O)

구렛나룻을 길러보고 싶어 (X)
& 구레나룻을 길러보고 싶어 (O)

구지 : 굳이

Q **맞춤법 같은 거 구지 따질 필요가 있나요?**

 비공개 · 2020.00.00 · 소회수 0000

 비공개 답변
달인 · 최근답변일 2020.00.00 · 조회수 0000

> A   구지 따질 필요는 없지만 굳이 따질 필요는 있습니다.

맞춤법을 많이들 틀리는 이유는 '굳이' 지키지 않아도 대화나 문장이 대충 통하기 때문이겠죠. '개떡같이 말해도 찰떡같이 알아듣는다'는 말도 있잖아요. 그럼에도 맞춤법을 '굳이' 지켜야 하는 이유는, 개떡같이 말하면 개떡같이 알아듣는 게 의사소통의 기본이기 때문이에요.

맞춤법이 무너져 사람들이 개떡과 찰떡을 분간하지 못하게 되면 결국 같은 한국어로 말하는데도 소통이 되지 않는 사태에 이르고 말 거예요. 안 그래도 요즘은 외국어 남발에 줄임말이며 신조어며 알아듣기 어려운 말투성이인데 맞춤법이 굳건해야 지금도 앞으로도 쭉 한국인이 한국어로 소통할 수 있겠지요.

자, 학교 다닐 적 국어 시간을 소환해봅시다. '굳이'는 구개음화로 인해 '구지'로 발음됩니다. 구개음화는 'ㄷ'이나 'ㅌ' 받침 뒤에 '–이'가 붙으면 '–지', '–치'로 발음되는 현상을 가리키고요. '굳이'는 '굳다'에서 파생한 단어인데요, 똑같이 '굳'으로 시작하는 '굳건하다', '굳세다' 등의 단어도 어쩐지 어감이 비슷하지 않나요? 한마디로 '굳'이 핵심이에요. 그러니 말로 할 때는 'ㄷ' 받침이 'ㅈ'으로 변하더라도 글자로는 '굳'을 반드시 밝혀 써야 한답니다.

올바른 표현 알기 | 구지 따질 필요가 있나요? (X)
↪ 굳이 따질 필요가 있나요? (O)

금새 : 금세

'금세'는 '금시에'가 줄어든 말이에요. '금방'과 같은 뜻이지요. '그새', '밤새', '어느새', '요새'처럼 '사이'의 줄임말 '새'가 붙은 합성어가 여럿 있어서 '금세'도 이런 부류의 단어로 오해하기 쉬워요. 반대로 '금세'를 제대로 아는 반면 '그세', '밤세', '어느세', '요세'로 잘못 쓰는 경우도 있고요.

모두 시간과 연관된 단어들이라 헷갈릴 법도 한데, 사실상 '금세'만 주의하면 된답니다. 나머지는 '-새'를 '-사이'로 풀어도 똑같은 말이 되지만 '금사이'는 이상하잖아요.

올바른 표현 알기 | 금새 갈게 (X)
↳ <u>금세</u> 갈게 (O)

요세 너무 바빠 (X)
↳ <u>요새</u> 너무 바빠 (O)

끼여들다 : 끼어들다

#끼여들기 잘못하면 #벌금3만원
#반성합니다.

지인이라면 뭔 자랑이라고 SNS에 올리냐며 핀잔을 놓겠지만, 이분은 지인이 아닌 데다 SNS가 자랑만 하는 공간도 아니고 이런 게시물이 경각심을 일깨우는 순기능도 있을 테니 저는 맞춤법만 꼬집을게요.

'끼여들기'는 '끼어들기'를 잘못 쓴 말입니다. '틈새에 박히다, 무리에 섞이다, 어떤 일에 관여하다' 등의 뜻을 지닌 동사 '끼이다'를 '끼여'로 활용할 수는 있지만 '끼여들다'라는 단어는 없어요. 정 '끼이다'와 '들다'를 합쳐 쓰고 싶다면 '끼여 들다'로 띄어 쓰는 게 맞지요. 그런데 정말 그렇게까지 쓰고 싶은가요? '끼어들다'라는 표준어가 있다니까요?

올바른 표현 알기 | 끼여들기 하지 맙시다 (X)
↳ 끼어들기 하지 맙시다 (O)

넓직하다 : 널찍하다

———————————— ㊵

4.9

5점 ▬▬▬▬▬▬	568
4섬 ▬	53
3점 ▬▬▬▬	7
2점 ▬▬▬▬	2
1점 ▬▬▬▬	4

최신순 별점높은순 별점낮은순

⚡⚡⚡
★★★★★
넓직한 공간과 맛있는 음식. 모임 장소로 딱이에요!

'꽤 넓다'라는 뜻이니 '넓직하다'라고 쓰면 참 편리할 텐데, 한글 맞춤법 제21항의 내용도 '어간 뒤에 자음으로 시작된 접미사가 붙어서 된 말은 그 어간의 원형을 밝히어 적는다'인데, 알다가도 모를 그놈의 맞춤법 '다만' 조항! 한글 맞춤법 제21항의 끝에 이런 단서가 붙지 뭡니까.

다만, 다음과 같은 말은 소리대로 적는다.
(1) 겹받침의 끝소리가 드러나지 아니하는 것
할짝거리다, 널따랗다, 널찍하다, 말끔하다, 실쭉하다, 실큼하다, 얄따랗다, 얄팍하다, 짤따랗다, 짤막하다, 실컷

그러니까요, '넓'의 'ㅂ'은 발음하지 않기 때문에 '널찍하다', '널따랗다' 같은 단어는 소리대로 적는다는 거예요. 그리고 보니 죄다 자주 헷갈리는 단어들이네요? 이번 기회에 한꺼번에 알아두죠. 일타쌍피…… 아니, 무려 일타 11피네요! 오예~!

올바른 표현 알기 | 넓직한 공간 (X)
↪ 널찍한 공간 (O)

— ㊶

뇌졸중, 세 가지만 기억해요

 △△△*** (211.137) 2020.09.31. 16:45:12

뇌졸주

Smile - 웃어보세요
Talk - 말해보세요
Raise - 팔을 들어보세요
O
K
E

댓글 달기 ▼ | 새로고침

온갖 증상과 병명에 '－증'이라는 접미사가 붙지만 '뇌졸증'이
란 증상은 없어요. '뇌(腦)가 졸도(卒倒)하게 되는 중풍(中風)',
즉 '뇌졸중'이 있을 뿐이죠. '뇌중풍'과 같은 말이니 함께 알아
두면 '뇌졸중'을 좀 더 쉽게 기억할 수 있겠죠?

앞의 그림은 뇌졸중(stroke)을 조기에 진단할 수 있는 'STR
자가 진단법'을 설명한 거예요. 누군가 갑자기 쓰러졌을 때, 이
세 가지를 시켜보아 그중 하나라도 어려워하면 반드시 3시간
안에 치료를 받을 수 있도록 조치해야 한답니다. 맞춤법과는
상관없지만 알아둬서 나쁠 것 없겠죠?

올바른 표현 알기 | 뇌졸증 자가 진단법 (X)
↪ 뇌졸중 자가 진단법 (O)

닥달하다 : 닦달하다

성가시고 눈치 없는 동생이지만 그래도 '닦달하다'는 제대로 알고 있군요. 말로 할 때는 상관없지만 글로 쓸 때 '닥달하다'라고 쓰면 그건 틀린 표기예요. 눈에 익도록 '닦달하다'를 외우는 수밖에 없답니다.

'남을 단단히 욱박질러서 혼을 내다'라는 사전의 뜻풀이를 보면 '을러대다', '혼내다'와 비슷한말인 듯하지만, 실생활에서는 꼭 혼을 낸다기보다 상대방이 귀찮을 정도로 잔소리를 해대거나 뭔가를 자꾸 재촉할 때 주로 쓰인다는 점에서 '다그치다', '들볶다', '몰아붙이다'가 어감상 더 가까운 것 같아요. 찾아보니 비슷한말이 꽤 많네요. 또 하나의 유의어로 '닦아세우다'도 있으니 '닦달하다'와 함께 알아두면 유용하겠죠?

올바른 표현 알기 | 닥달하면 안 줄 거야 (X)
↳ <u>닦달하면</u> 안 줄 거야 (O)

한때 '단언컨대'라는 단어가 유행한 적이 있어요. '단언컨대, 메탈은 가장 완벽한 물질입니다'라는 휴대전화 광고 문구를 패러디한 이른바 '드립'들이 쏟아졌죠. '단언컨대'와 '가장 완벽한'이 짝을 이루는 관용구처럼 쓰이기에 이르렀으나…… '단언컨데'가 잘못된 표기라는 걸 알리는 데는 역부족이었네요. 하기야 공익광고도 아니고, 누굴 탓하겠어요.

'단언컨대'는 '단언하다'에 뒤 절의 내용을 미리 밝히는 어미 '-건대'가 붙은 '단언하건대'의 준말이에요. '-건데'로 잘못 쓰는 경우가 있지만 '-건대'가 표준어랍니다. '미루어 짐작건대', '바라건대'도 마찬가지. 비슷한 뜻으로 '-는데'를 쓸 수는 있어요. '단언하는데', '짐작하는데', '바라는데'처럼요.

올바른 표현 알기 | 단언컨데 완벽합니다 (X)
↪ <u>단언컨대</u> 완벽합니다 (O)

담구다 : 담그다

저희 식당은
텃밭에서 직접 기른 채소와
주인장이 직접 담근 장으로
맛있는 요리를
만듭니다.

(김치도 직접 담궈요!)

정성 어린 음식을 팔아주셔서 고마운데요, 이왕이면 안내문도 조금만 신경 써주시면 좋겠어요. 장이나 김치 등 발효 음식을 만든다는 뜻의 동사는 '담구다'가 아닌 '담그다'거든요.

그리고 이런 동사에 '-아', '-어', '-았', '-었'으로 시작하는 어미가 붙으면 모음 'ㅡ'가 탈락해서 '담가', '담갔다'가 됩니다. 형태가 비슷한 '잠그다', '치르다'도 마찬가지예요. '잠구다', '치루다'는 틀린 말이고요, '잠가/잠갔다' 그리고 '치러/치렀다'로 활용하는 거예요. '담궜다', '잠궜다', '치뤘다' 모두 잘못된 표기랍니다.

직업병인지 뭔지, 식당 메뉴판이나 안내문에서 틀린 표기를 보면 고쳐 써주고픈 욕구가 샘솟지만…… 실천한 적은 없네요. 욕먹을까 봐서요. 대신 이렇게 지면을 빌려 실컷 떠들어봅니다. 사장님, 저거요, '담군' 아니고 '담근'이에요! '담궈요' 아니고 '담가요'예요!

올바른 표현 알기 | 주인장이 직접 담군 장으로 (X)
↪ 주인장이 직접 담근 장으로 (O)

김치도 직접 담궈요 (X)
↪ 김치도 직접 담가요 (O)

당챼 : 당췌 : 당최

────────────── **㊺**

↩ 트윗

서른살모쏠
@thirty

크리스마스
누굴 위한 날인가...
당췌 모르겠다.

2000년 12월 25일. 00:05 오전

저도 '당최'가 왜 맞는지 '당최' 모르겠어요. '당초에'의 준말이라는 설명을 보니 더 이해할 수 없어요. 'ㅗ'와 'ㅔ'를 합한 모음은 왜 없는 걸까요? 기왕 없으니 어쩔 수 없다 치고, 어감상 [당췌]로 발음해야 이 단어의 맛이 사는데 왜 하필 'ㅔ'가 아닌 'ㅗ'를 살려 '당최'를 표준어로 삼았느냐고요!

네, 어디까지나 개인의 의견일 뿐입니다. '당채'나 '당췌'로 표기하는 사람이 제법 많은 것으로 보아 그래도 혼자만의 의견은 아니라고 믿습니다만. 어쨌든 맞춤법은 맞춤법, 규칙은 규칙, 지킬 건 지켜야지요. '도무지, 영, 전혀'의 뜻을 나타내는 단어는 '당췌'도 '당채'도 아닌 '당최'가 맞습니다. 심지어 저한테는 '당최' 이해할 수 없어 오히려 더 머리에 단단히 새겨진 아이러니한 단어랍니다.

도데체 : 도대체

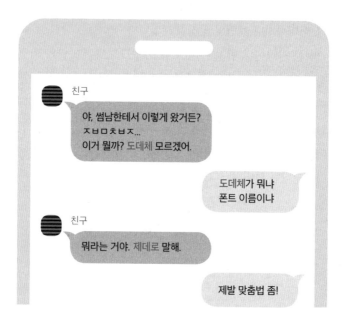

'도대체'는 '대체'를 강조한 말입니다. 그리고 한자어예요(이 거 저만 놀라운가요?)! '데체'라는 단어는 없으니 '도데체'도 당연히 틀린 말이지요. 비슷한말로 '대관절'도 있으니 '대체', '도대체', '대관절'을 묶어서 새겨두면 좋을 것 같아요.

맞춤법에 약한 사람들의 영원한 적수, 'ㅐ'와 'ㅔ'는 '제대로' 에서도 활약합니다. 어쩐 일인지 '도대체'를 '도데체'로 잘못 아는 사람들이 거의 어김없이 '제대로'도 '제데로'로 잘못 알 고 있더라고요. '도데체'도 '제데로'도 틀린 표기이니 '도대체' 와 '제대로', 외워둡시다.

올바른 표현 알기 | 도데체 알 수가 없네 (X)
↪ <u>도대체</u> 알 수가 없네 (O)

되물림 : 대물림

'대물림'의 뜻을 간단히 풀면 '대를 이어 물려주고 물려받음'
이에요. 그런데 '어떤 현상이 (대를 이어) 되풀이된다'는 의
미로도 흔히 쓰이는 탓에 '되물림'으로 잘못 아는 사람이 많
죠. '되물림'은 사전에 없는 말이에요. 대를 이어 물려줄 필요
가 없는 단어라고요.

그러니 '되물림' 따위는 절대로 '대물림'하지 맙시다, 여러부
운!!!

올바른 표현 알기 | 가난의 되물림 (X)
↪ 가난의 <u>대물림</u> (○)

뒤치닥거리 : 뒤치다꺼리

'뒤에서 일을 보살펴서 도와주는 일' 또는 '일이 끝난 뒤에 뒤끝을 정리하는 일'을 가리키는 '뒤치다꺼리'는 주로 부정적인 어감의 '일거리'로 여겨져 '뒤치닥거리'로 잘못 쓰이는 경우가 많습니다. 비슷한말인 '치다꺼리'가 있는데 역시 '치닥거리'는 잘못된 표기고요. 웬일인지 '앞치다꺼리'라는 단어는 없네요? 보살피고 도와주는 일은 뒤에서만 하라는 건지, 원.

한글 맞춤법 제5항에 의하면, 한 단어 안에서 뚜렷한 까닭 없이 나는 된소리는 다음 음절의 첫소리를 된소리로 적어야 한답니다. 네, '뒤치다꺼리'의 '-꺼-'가 까닭 없이 나는 된소리라서 발음 그대로 '뒤치다꺼리'라고 적어야 한다네요.

올바른 표현 알기 | 뒤치닥거리를 언제까지 해야 해 (X)
↪ 뒤치다꺼리를 언제까지 해야 해 (O)

명예회손 : 명예훼손

 ———————————

Q 제가 방탄소년단 찐 팬인데, 우리 엄마 아들이 자꾸 자기가 ○○를 닮았다고 합니다. 허위사실 유포 및 명예회손으로 고소할 수 있을까요? 참고로 저는 초등힉생입니다.

 IDOL · 2020.00.00 · 조회수 0000

답변 0개

요즘 온라인상에서 '명예회손'이라는 표현을 엄청 자주 보게 되는데요. 절대 이렇게 쓰면 안 됩니다. '회손'이라는 단어가 사전에 없으니까요. '무엇인가를 망치거나 상하게 한다'는 뜻을 나타내는 단어는 '회손'이 아니라 '훼손'입니다. 다시 말해, 누군가의 명예를 상하게 해서 화가 난다면 '명예회손'이 아닌 '명예훼손'이라고 써야 하는 것이죠.

저 질문에 제가 댓글을 달고 싶네요. 명예회손으로는 고소할 수 없답니다!!!

올바른 표현 알기 | 명예회손으로 고소하겠어 (X)
↪ 명예훼손으로 고소하겠어 (O)

무릎쓰다 : 무릅쓰다

 ———————————

실생활 영어

'위험을 무릅쓰다' 영어로는?

 J
2020.00.00 · 조회수 0000

take a chance

take a risk

run a risk

오늘의 실생활 영어였습니다. ^^

글쎄요, 무릎을 쓴다면 'take a knee'가 맞지 않을까요('take a knee'는 '한쪽 무릎을 꿇다'라는 뜻입니다)? 위험과 무릎은 무슨 상관일까요? 위험하니 니킥(knee kick)이라도 날리라는 건가요? 취지는 참 좋은 게시글인데 이왕 공부하는 거, 영어만이 아니라 국어 맞춤법에도 관심을 좀 주세요.

'감수하다, 감내하다'와 비슷한 용도로 쓰이는 단어는 '무릅쓰다'입니다. 무릎과는 전~~혀 상관없지요. 지금은 사라진 '무롭다'라는 고어가 몇 번의 변형을 거쳐 '무릅쓰다'로 자리 잡은 거라고 해요. 위험도, 반대도, 창피함도 무릎을 쓰는 게 아니라 '무릅쓰는' 것입니다.

뭉게다 : 뭉개다

day___ 집에서 뭉개다 하루가 다 갔다...

#슬기로운집콕생활
#뭉게고뭉게면 #시간은흐른다

'한자리에서 미적거리다, 굼뜨게 움직이다'를 뜻하는 단어는 '뭉개다'예요. '뭉그대다', '뭉그적대다', '뭉그적거리다'도 다 같은 말이죠. 단, '밍기적대다', '밍기적거리다'는 표준어가 아니에요. 물론 '뭉게다'도 틀린 표기고요.

아이고, 'ㅐ', 'ㅔ'가 포함된 단어는 '자주 틀리는 맞춤법' 사례에 대부분 걸리네요. 매번 '별다른 구분 방법이 없으니 그냥 외우세요'라고 당부하기도 입, 아니 손가락이 아플 지경입니다. 그래도 어째요. 외우는 수밖에요. '뭉게다'는 틀리고 '뭉개다'가 맞다고 말이에요.

올바른 표현 알기 | 집에서 뭉게다 (X)
↪ 집에서 <u>뭉개다</u> (O)

묻(히)다 : 묻(히)다

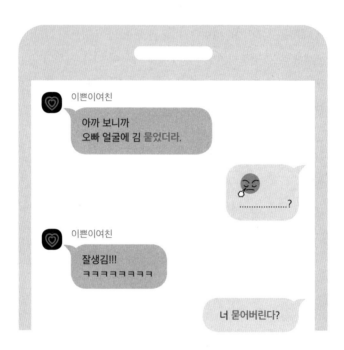

오래된 연인 아니면 부부의 대화가 아닌가 싶네요. 아직 서로 잘 보이려 애쓰는 연애 초기에 이 남자처럼 대꾸했다간 딱 이별 각이잖아요. 어쨌든 잘생김을 얼굴에 '묻히고' 다니는 이 오빠는 맞춤법을 신경 쓰는, 보기 드문 '뇌섹남'이기도 한가 봐요.

요즘 인터넷이나 SNS를 보다 보면 '묻다'를 '뭍다'로 쓰는 경우가 너무너무 많아요. 이젠 '뭍다', '뭍히다'가 더 익숙해 보일 지경이라니까요. '손에 물을 묻히다', '땅에 묻히다' 따위는 물론이고 '나물을 묻히다'라는 표현까지……. 발음이 같아서라는 핑계를 붙이기에는 너무 창의적인 오류 아닌가요?

온라인상에서 흔하디흔한 '뭍다', '뭍히다'는요, 정작 사전에는 없는 단어예요. 대신 '묻다', '묻히다', '무치다'가 있지요. 많이 봐서 익숙하다고 그대로 옮겨 쓰지 말아요. '뭍'으로 시작하는 동사는 '뭍살이하다(뭍에서 살다)' 딱 하나뿐이랍니다.

올바른 표현 알기

얼룩 뭍었더라 (X)
↳ 얼룩 묻었더라 (O)

손에 물을 뭍히다 (X)
↳ 손에 물을 묻히다 (O)

땅에 뭍히다 (X)
↳ 땅에 묻히다 (O)

바껴 : 바뀌어

OOO 쇼핑몰이 확 바꼈다며?

웹사이트 개편 기념
BIG SALE

더 알아보기 〉

shopping mall

이해는 합니다. 왠지 성가시죠? '바뀌다'를 '바뀌어/바뀌었-'으로 활용하기엔 뭔가 귀찮아요. 손으로 쓰거나 자판으로 치기에도 복잡하고 발음하기도 거북해요. '바껴/바꼈다' 하니 이렇게나 편한데 말이죠. 하지만 '바뀌다'의 어간, 즉 활용할 때 변하지 않는 부분은 '바끄'가 아니라 '바뀌'예요. 그러니 어떤 어미가 붙든 '바뀌'까지는 살려야 합니다.

'사귀다', '(방귀를) 뀌다'도 마찬가지예요. '사겨/사겼다'나 '껴/꼈다'로는 활용할 수 없답니다. 뭐, 말을 할 때는 슬쩍 느슨해져도 괜찮겠지요. 대신 글로 쓸 때는 어간을 밝혀 쓰도록 해요. '바뀌어/바뀌었다', '사귀어/사귀었다', '뀌어/뀌었다' 이렇게요. 아휴……, 역시나 번거롭긴 합니다.

올바른 표현 알기

확 바꼈다며? (X)
↪ 확 바뀌었다며? (O)

친구를 사겨 (X)/사겼다 (X)
↪ 친구를 사귀어 (O)/사귀었다 (O)

방귀를 껴 (X)/꼈다 (X)
↪ 방귀를 뀌어 (O)/뀌었다 (O)

─────────── 54

ㅂ

음, '보다싶이' 정품이라니 한층 더 믿을 수 없네요. '보다싶이'를 강조할수록 지갑은 점점 더 굳게 닫힌다는 사실. 왜냐고요? '보다싶이'라는 단어 자체가 정품이 아니거든요.

'보다싶이'는 틀린 말입니다. 심지어 사전에도 없는 말이지요. '보고 싶다'라는 말이 있으니 '보다싶이'도 맞는 거 아니냐는 착각을 할 수도 있어요. 하지만 올바른 표현은 '보다시피'입니다. '보다'라는 동사와 '-는 바와 같이'의 뜻을 지닌 '-다시피'가 합쳐져 만들어진 단어죠. '보는 것처럼', '보는 바와 같이'라는 뜻을 나타냅니다.

이와 비슷한 맞춤법 표현으로는 '살다시피', '기다시피' 등이 있습니다. 함께 외워보세요. 조금 덜 헷갈릴 거예요.

올바른 표현 알기 | 보다싶이 100% 정품입니다 (X)
                 ↳ 보다시피 100% 정품입니다 (O)

붓기 : 부기

─────────────────────── 55

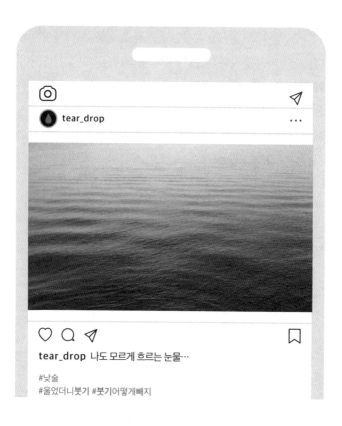

tear_drop

tear_drop 나도 모르게 흐르는 눈물…

#낮술
#울었더니붓기 #붓기어떻게빼지

아…… 안타깝게도 '붓기'를 빼는 방법은 세상에 없습니다. '부기'를 뺄 수 있을 뿐이죠. '부종으로 인해 부은 상태'를 뜻하는 말은 '붓기'가 아니라 '부기'거든요.

부은 상태를 뜻하는 '부기'와 자주 혼동하는 '붓기'는 '붓다'라는 동사에 '-기'가 합쳐져 만들어진 단어입니다. '컵에 우유 붓기', '은행에 적금 붓기' 등으로 사용할 수 있어요.

또한 '부기'는 발음도 [부기]예요. '붓기'로 잘못 쓰는 사람이 많은 만큼 [부끼]로 잘못 발음하는 사람도 많죠. 하지만 앞일을 누가 알까요. '짜장면'도 한때는 '자장면'이었고 '효과'도 한때는 느끼하게 [효과]로만 읽어야 한다 했지만 지금은 '짜장면'도 표준어요, [효꽈]도 표준 발음이잖아요. 언중의 관행이 맞춤법을 바꾸기도 하는 만큼, 어쩌면 '부기'를 [부끼]로 읽어도 지적당할 일 없는 날이 올지도 몰라요. 하지만 그날이 오기 전까지는 어쩔 수 없지요. '붓기'가 아니라 '부기'라 쓰고 [부끼]가 아니라 [부기]로 발음해야 한답니다.

올바른 표현 알기 | 붓기를 어떻게 빼지 (X)
　　　　　　　　　 ☞ 부기를 어떻게 빼지 (O)

비로서 : 비로소

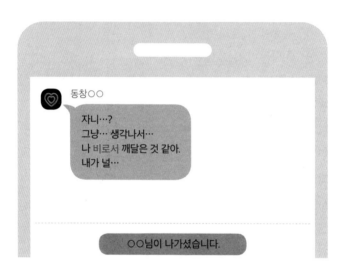

ㅂ

이러지 말아요. 자는 사람 깨워서 '비로서' 깨달았다는 말 따위 하지 말자고요. 깨닫긴 뭘 깨달아요, '비로서'가 틀린 말인 줄도 모르면서.

올바른 표현은 '비로소'입니다. '비로서'는 없는 말이에요. 말 끝을 살짝 흐리면 '비로서'나 '비로소'나 같은 말처럼 들리지만, 심지어 단어 자체도 한 끗 차이로 비슷해 보이지만, 그렇기 때문에 올바른 표현을 기억해두지 않으면 순식간에 틀린 단어를 사용하게 되지요.

'비로소 자신감이 생겼어.'
'비로소 내 잘못을 깨달았어.'

여러 번 읽으면서 눈으로 익히는 게 가장 확실한 방법입니다.

올바른 표현 알기 | 비로서 깨달았어 (X)
☞ <u>비로소</u> 깨달았어 (O)

삼가하다 : 삼가다

──────────────── 57

> "코로나19 발생 국가로의
> 해외여행을 삼가해주세요."

'흡연을 삼가해주세요.'

'공원 내에서 소란을 삼가해주세요.'

어디서든 이런 문구를 심심찮게 볼 수 있습니다. 심지어 보면서도 무엇이 틀렸는지 깨닫기가 쉽지 않아요. 그만큼 너도나도 '삼가해주세요'라는 표현을 자주 쓰고 있기 때문이지요.

"에에~? '삼가해주세요'가 틀린 말이라고요?"

이런 말이 귓가에 들리는 듯하네요. 네, 그렇습니다. '삼가해주세요'는 없는 말, '삼가주세요'라고 써야 맞아요. 왜냐하면 '삼가하다'가 사전에 없기 때문입니다. 국립국어원 표준국어대사전에 '삼가하다'를 검색하면 자동적으로 '삼가다'라는 말로 바뀌어 나옵니다. 즉 '삼가하다', '삼가해야 한다', '삼가해주세요' 등의 말 대신 '삼가다', '삼가야 한다', '삼가주세요' 등으로 써야 맞는 것이죠.

올바른 표현 알기

해외여행을 삼가해주세요 (X)
↳ 해외여행을 <u>삼가주세요</u> (O)

어른 앞에서는 행동을 삼가해야 한다 (X)
↳ 어른 앞에서는 행동을 <u>삼가야</u> 한다 (O)

건강을 위해 술을 삼가하세요 (X)
↳ 건강을 위해 술을 <u>삼가세요</u> (O)

설겆이 : 설거지

내사랑

여보, 설겆이 좀 해줘~~!
아니, 설거지던가?
설겆이?? 설거지??

흠, 그냥 니가 하세요~

한때는 모두들 '설겆이'도 하고 '설거지'도 했지만, 이제는 '설거지'만 하면 된답니다!

예전에 '설거지'와 아울러 쓰였던 '설겆이'는 동사 '설겆다'에서 파생된 단어였어요. 하지만 이제는 '설겆다'라는 단어 자체를 사용하지 않기 때문에 자동적으로 '설겆이'는 사라지고 발음 그대로 적는 '설거지'만 살아남았답니다.

그러니 이제 그만 '설겆이'를 놓아주세요. 계속 사용하다간 옛날 사람으로 오해받을 수 있어요!

올바른 표현 알기 | 설겆이 좀 해줘 (X)
↳ <u>설거지</u> 좀 해줘 (O)

설레이다 : 설레다

부드럽고 달콤한 바닐라 맛의 향연. 밀크셰이크 한 잔을 그대로 옮겨 담은 듯한 아이스크림 '설레임'을 알고 계시나요? 저도 한때 참 좋아했는데 말이죠. 그 인기 만점 아이스크림이 맞춤법계에 대혼란을 불러올 줄 누가 알았을까요?

사실 '설레임'은 잘못된 표현입니다. '설레이다'라는 동사를 명사형으로 바꾸면 '설레임'이 될 것 같지만 아뿔싸, 사전에는 '설레이다'라는 단어가 없습니다. 대신 '설레다'가 있죠. 따라서 올바른 표현은 '설레임'이 아니라 '설렘'이 되는 것이랍니다.

올바른 표현 알기 | 마음이 설레임 (X)
                         ↺ 마음이 설렘 (O)

쉽상 : 십상

뉴스홈

부동산 전세 사기, 모르면 당하기 쉽상이다

댓글 20   **최신순** 과거순 공감순

djaj****   쉽상이라고요?! 이런 ship상~!

답글   ♡ 0   ♥ 0

skehahffk****   부동산 공부보다 맞춤법 공부가 더 급한 듯

답글   ♡ 0   ♥ 0

저도 몇 번인가 '쉽상'이라고 썼던 적이 있었던 것 같은데요. 어, 꿈에서였나. '쉽상'이라니 왠지 욕하는 것 같기도 하고…….
이 문제 많아 보이는 '쉽상'의 올바른 표현은 '십상'입니다.
'십상'은 '십상팔구(十常八九)'라는 한자어에서 파생된 단어로, '열 개 중에서 항상 여덟 개나 아홉 개, 즉 거의 예외가 없다'는 뜻을 나타내지요. '그렇게 쌀쌀맞게 굴다가는 헤어지기 십상이다' 이런 식으로 쓸 수 있습니다.

올바른 표현 알기

모르면 당하기 쉽상이야 (X)
↪ 모르면 당하기 십상이야 (O)

딱 굶어 죽기 쉽상이다 (X)
↪ 딱 굶어 죽기 십상이다 (O)

승락 : 승낙

가입인사
정회원 신청합니다!

 △△△••• · 2020.00.00. 00:00　　　💬 댓글 0　⋮

두근두근. 드디어 조건 다 채웠어요.
정회원 승락 바랍니다. ^^

'승락'과 '승낙', 헷갈리기 딱 좋은 단어입니다. 헷갈림을 방지하고자 단어의 한자를 찾아보면 두둥, 그때부터는 두 배로 헷갈리기 시작합니다. '허락할 락'과 '허락할 낙' 모두 사용 가능한 한자음으로 나오기 때문이지요.

이쯤 되면 '승락과 승낙, 둘 다 사용할 수 있는 거 아니야?' 하는 생각에 빠져들 수 있겠지만, 아니랍니다. 누가요? 국립국어원이요. 자, 설명을 볼까요.

한글맞춤법 제52항에 따르면 한자어에서 본음과 속음이 모두 있는 것은 각각 그 소리에 따라 적는데, '諾'은 '승낙(承諾)'에서는 본음으로 나고 '수락(受諾)', '쾌락(快諾)', '허락(許諾)'과 같은 단어에서는 속음으로 발음됩니다. 따라서 '승낙'으로 적는 게 맞습니다.

살짝 어렵네요. 그러니까 발음상 '낙'에 가깝게 소리가 나면 '낙'을 쓰고, '락'에 가깝게 소리가 나면 '락'을 쓰라는 말 같은데, 어려우니까 그냥 외웁시다.

"선생님, 승낙해주세요."
"부장님, 승낙해주세요."

올바른 표현 알기 | 승락 바랍니다 (X)
↳ 승낙 바랍니다 (O)

부장님, 승락해주세요 (X)
↳ 부장님, 승낙해주세요 (O)

쌀뜬물 : 쌀뜨물

'쌀뜬물'이라고 하면 '쌀이 떠 있는 물' 같죠? 그래서 왠지 쌀을 씻고 난 뿌연 물이 '쌀뜬물'이 될 수도 있을 것 같고요. 하지만 쌀을 씻을 때 쌀이 뜨면 그건 그냥 오래된 쌀입니다.

'쌀뜬물'의 올바른 표기는 바로 '쌀뜨물'입니다. '쌀'이라는 명사와 '곡식을 씻어내 부옇게 된 물'이라는 뜻의 '뜨물'이 결합해서 만들어진 단어죠. 즉, '쌀뜨물'이라는 것은 '쌀을 씻어내서 부옇게 된 물'이라는 뜻입니다.

'쌀뜬물'과 '쌀뜨물', 말로 주고받을 때는 굉장히 비슷하게 들립니다. 그래서 실제 글로 적어보려고 할 때 더욱더 헷갈리거나 실수하기 쉬운 단어이지요.

올바른 표현 알기 | 된장국은 쌀뜬물로 끓여요 (X)
↪ 된장국은 쌀뜨물로 끓여요 (O)

썪다 : 썩다

추천&리뷰 | 일반병원
치과 추천

걱정가득*** · 2020.00.00. 00:00 · · · 댓글 2 :

아이 영구치가 썪어서 큰일이에요. 어디로 가야 할까요?

댓글   등록순   최신순

사랑둥이***
어린이 치과 추천이요~ 많이 썪었으면 수면치료 해야 할 수도 :

└ 걱정가득***
그렇겠죠? 군것질 좋아해서 자꾸 썪어요 ㅠ :

평소에 자주 헷갈려 사용하는 '썪다'와 '썩다', 올바른 맞춤법은 무엇이냐고요? 당연히 '썩다'입니다. '음식물이 썩어서 안좋은 냄새가 났다'와 같은 표현에 쓰이죠.

그런데 '썩다'라는 단어는 의외로 여러 의미를 지녔답니다. '부패해서 나쁜 냄새가 나고 형체가 뭉개지는 상태'를 나타내기도 하지만, '물건이나 사람의 재능이 제대로 쓰이지 못하고 버려진 상태'를 나타내기도 하고, '부정이나 비리를 저지르는 상태'나 '마음이 몹시 괴로운 상태'를 나타내기도 합니다.

즉, '음식물이 썩다'나 '이가 썩다'뿐 아니라 '아파트가 팔리지 않아 몇 년째 썩고 있다', '썩어빠진 조직', '자식 때문에 속이 썩는다', '야근을 자주 해서 얼굴이 썩었다'와 같은 표현에도 쓰일 수 있는 것이죠.

그런데 '썩다'를 '썪다'로 잘못 알고 있다면? 이 모든 상황에서 맞춤법 실수를 저지르게 되는 것입니다. 여러 의미로 쓰이는 단어인 만큼 올바른 맞춤법을 알고 있어야 실수를 줄일 수 있어요.

올바른 표현 알기 │ 이가 썪어서 큰일이에요 (X)
↳ 이가 <u>썩어서</u> 큰일이에요 (O)

쓰레받이 : 쓰레받기

(오늘) 오전 11:40

새 학기 준비물:
풀, 가위, 사인펜, 개인 쓰레받이…
잊지 말고 준비해서 보내주시길 바랍니다.

'쓰레받이' 아니죠~ '쓰레받기'가 맞습니다. '비로 쓴 쓰레기를 받아내는 기구'라는 뜻입니다. 왜 '쓰레받기'를 종종 '쓰레받이'로 착각하게 되는지 곰곰 생각해보았죠. 그러자 갑자기 '총알받이'나 '씨받이' 같은 단어들이 머릿속에 떠오르더군요. 그렇습니다. 실제로 '–받이'가 결합된 단어들이 있기 때문입니다. 심지어 비슷하게 '받는다'는 의미가 포함되어 있어서 더 헷갈리는 것 같아요. 그러니 차라리 '쓰레받기'의 뜻을 외워버립시다. '쓰레기를 받아 내는 기구'니까 '쓰레받기'라고 외우면 훨씬 기억하기 편할 것 같네요.

올바른 표현 알기 | 쓰레받이 좀 가져다줘 (X)
↳ 쓰레받기 좀 가져다줘 (O)

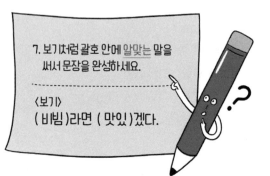

7. 보기처럼 괄호 안에 알맞는 말을 써서 문장을 완성하세요.

〈보기〉
(비빔)라면 (맛있)겠다.

이렇게 재치 있고 귀여운 답변이라면 채점할 때 조금은 고민될 것 같네요. 그런데 잠깐, 귀여운 답변보다 더 눈에 띄는 게 있습니다. 바로 문제에 나와 있는 '알맞는'이라는 단어예요.

가끔 컴퓨터로 글을 쓸 때, '알맞는'이라는 말에 빨간색 밑줄이 그어져 있는 것을 발견하곤 합니다. 맞춤법 프로그램이 자동으로 '삐빅 – 이 표현은 틀렸습니다' 하고 말해주는 셈인데요. '이게 틀렸다고?' 하며 한참 째려보게 되지요. 그래서 이참에 올바른 표현에 대한 설명을 찾아봤습니다.

'알맞다'는 '일정한 기준이나 조건 따위에 넘치거나 모자라지 아니한 데가 있다'는 뜻을 지닌 형용사입니다. 형용사의 어간 뒤에는 '–은'을 붙여 활용합니다. 반면 동사의 어간 뒤에는 '–는'을 붙여서 활용합니다.

아하! 형용사 뒤에는 '–은'이 붙는 것이로군요. 그러니까 '알맞는'은 없는 말! '알맞은'이 맞습니다. 이와 비슷한 단어로는 '걸맞다'가 있어요. 이 단어 역시 형용사이므로 '걸맞은'이라고 써야겠네요. 그럼 '맞다'라는 단어는 어떨까요? '맞다'는 동사이므로 '맞는'이라고 써야 합니다.

올바른 표현 알기 | 알맞는 말을 쓰시오 (X)
↳ 알맞은 말을 쓰시오 (O)

어따 대고 : 얻다 대고

 ⎯⎯⎯⎯⎯⎯⎯⎯⎯⎯⎯ ⑥⑥

얻다 대고 손가락질이야 얻다 대고

'얻다 대고'라, 이것은 맞는 표현일까요, 틀린 표현일까요? 네, 이것만은 맞는 표현입니다. '어따 대고'라는 표현이 종종 보이지만, 올바른 맞춤법은 '얻다 대고'예요.

의외로 이 말을 직접 적어본 적은 없는 것 같아요. 그래서 이 말의 맞춤법에 대해서도 깊게 생각해본 적이 없었죠. 그러던 어느 날, 우연히 텔레비전 자막으로 이 표현을 보게 됩니다. 그제야 '어라? 그런 거였나?' 하고 깨달음을 얻게 되었지요.

사실 '얻다 대고'는 '어디에다 대고'를 줄여서 쓴 표현입니다. '어디에다'를 줄여서 '얻다'라고 쓴 것이지요. '어따'가 아닙니다. '얻다'입니다!

게다가 이 표현은 한 단어가 아닙니다. '어디에다'와 '대고'라는 서로 다른 의미의 말이 합쳐져 만들어진 표현이므로 '얻다 대고' 이런 식으로 꼭 중간에 띄어쓰기를 해줘야 합니다.

올바른 표현 알기 | 어따 대고 손가락질이야 (X)
↪ 얻다 대고 손가락질이야 (O)

어의없다 : 어이없다

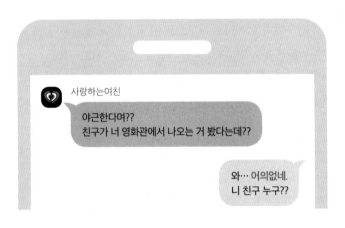

사랑하는여친

야근한다며??
친구가 너 영화관에서 나오는 거 봤다는데??

와… 어의없네.
니 친구 누구??

글쎄요. 누가 잘못했는지는 모르겠지만 맞춤법이 잘못됐다는 건 확실히 알겠네요. '어이없다'를 '어의없다'로 쓴 것은 당황해서일까요? 아니면 원래부터 '어의없다'로 알고 있었던 것일까요?

'일이 너무 뜻밖이어서 기가 막힌 심정'을 나타내고 싶을 때 이렇게 갑자기 '어의'를 들먹이면 안 됩니다. '어의'는 궁궐 안에서 임금이나 왕족의 병을 치료하던 의원을 일컫는 명사이기 때문입니다. 신분제도가 사라진 지금, 자꾸 '어의'를 찾는 것만큼 어이없는 일은 없겠지요.

올바른 표현 알기 | 그 얘기 진짜 어의없네 (X)
↪ 그 얘기 진짜 <u>어이없네</u> (O)

어줍잖다 : 어쭙잖다

(오늘) 오후 4:40

아니, 어줍잖게 우리 애를 넘봐?
못 본 척할 테니 그만 헤어져요.

저… 어머님
'어줍잖게'가 아니라 '어쭙잖게'입니다.
그리고 저희 절대 못 헤어져요.

맞춤법을 제대로 알면 사람이 이렇게나 당당해집니다. 언제 어디서나 교양미를 뽐낼 수 있죠. 반대로 '어쭙잖다'와 같은 단어를 잘못 알고 있으면, 두 배로 민망해질 수 있습니다. '어쭙잖다'는 '아주 시시하고 보잘것없다' 혹은 '비웃음을 살 만큼 언행이 분수에 넘치는 데가 있다'는 뜻을 나타내는 형용사라서, 누군가를 비웃을 때 주로 사용하는 말이거든요. 누군가를 깔보고 비웃었는데 정작 그 단어의 맞춤법이 틀렸다? 아, 난감합니다.

혹시 자주 헷갈린다면, '어쭈'를 넣어서 외워보세요. '어쭈~ 어쭙잖네' 이런 식으로요.

올바른 표현 알기 | 어줍잖게 조언을 하다니 (X)
↳ <u>어쭙잖게</u> 조언을 하다니 (O)

역활 : 역할

> 야, 자꾸 나대지 말고
> 니 역활이나 잘해

> 알았나?

> 알았냐고??

> 야?

> 야!!

어우, 너나 잘하세요. 왜 자꾸 아는 척이세요. 그리고 '역활'이
아니라 '역할'이라고요! 자기 '역할'도 모르는 이 양반아!
이상한 맞춤법을 쓰면서 무례하게 가르치려 드는 상대방이 있
다면 이렇게 마음속으로 한껏 무시해주세요. 물론 현실에서도
함께 '차단'하는 것 잊지 말고요.

올바른 표현 알기 | 네 역활이나 잘해 (X)
↪ 네 역할이나 잘해 (O)

염두해 두다 : 염두에 두다

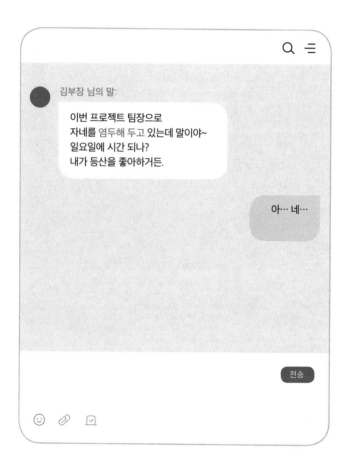

염두해 두고 있다니, 믿기가 힘드네요. '염두하다'라는 동사가 있다고 착각해서 '염두해 두다'라는 말을 쓰는 사람이 많지만, 놀랍게도 '염두하다'는 사전에 없는 말입니다.

대신 '염두'라는 명사가 있죠. '생각의 시초' 혹은 '마음속'을 뜻하는 단어입니다. 따라서 이 '염두'라는 명사를 이용해서 '염두에 두다'라고 표현해야 맞습니다. 즉, 마음속에 두고 있다는 뜻이죠.

올바른 표현 알기 │ 팀장으로 염두해 두고 있어 (X)
↪ 팀장으로 <u>염두에 두고</u> 있어 (O)

오랫만 : 오랜만

아, 슬픈 일이네요. 하지만 괜찮아요. 그 사람에게 나의 슬픈 맞춤법을 들킬 일은 없게 되었으니까요. '오랫만에'의 올바른 표기법은 '오랜만에'입니다. 잘 알고 있다고 생각하지만 참 자주 틀리는 맞춤법입니다.

'오래간만에'를 줄인 말이라는 걸 기억하세요. 아마도 다음에는 '#오랜만에내이상형을만났다'와 같은 태그를 달 수 있지 않을까요.

올바른 표현 알기 | 오랫만에 만나서 좋았어 (X)
↳ <u>오랜만</u>에 만나서 좋았어 (O)

옳바르다 : 올바르다

Q '일부러'와 '일부로' 중 옳바른 맞춤법은 무엇인가요?

 비공개 · 2020.00.00 · 조회수 0000

> **비공개 답변**
> 국어쌤 · 최근답변일 2020.00.00 · 조회수 0000
>
> **A** 아… 일타쌍피 질문인가요? 일단 '일부러'가 맞는 말이고
> 요. '옳바른' 아니고 '올바른'입니다.

'옳바르다'를 처음 봤을 때, '뷁'이나 '꽈'처럼 감탄사를 재미있
게 표현한 인터넷 신조어인 줄 알았습니다. 그랬는데 진지한
질문이나 글에서도 종종 이 단어가 보이더란 말이죠. 그제야
이 표현이 '올바르다'의 잘못된 표기라는 것을 깨달았답니다.
사전에 '옳다'라는 말이 있습니다. '사리에 맞고 바르다'라는

뜻을 나타내는 형용사죠. '옳은 판단', '옳게 살다' 이런 식으로 쓰여요. 아마도 이 '옳다'라는 형용사가 혼란을 빚은 장본인인 것 같네요. '옳다'라는 말이 있으니 '옳바르다'도 있는 것 아니겠냐는 생각을 할 수도 있겠지만 과연 그럴까요? 국립국어원의 답변을 알아봅니다.

한글맞춤법 제27항에 따라 어원이 분명하지 아니한 것은 원형을 밝혀서 적지 않고, 소리 나는 대로 적는다. 즉, '말이나 생각, 행동 따위가 이치나 규범에서 벗어남이 없고 옳고 바르다'는 뜻을 나타내는 형용사는 그 어원이 분명하지 않으므로 소리 나는 대로 '올바르다'라고 적어야 한다.

그렇습니다. '올바르다'라는 말이 '옳다'에서 탄생한 말인지 아닌지 그 어원을 확실히 알 수가 없으므로 소리 나는 대로, 즉 '올바르다'라고 적어야 한다는 이야기입니다.

올바른 표현 알기 | 생각이 옳바르다 (X)
↳ 생각이 <u>올바르다</u> (O)

요기나게 : 요긴하게

——————————— 73

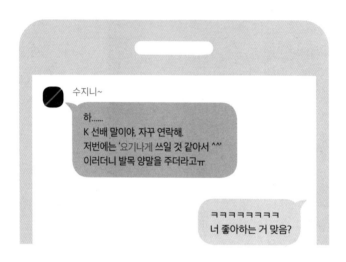

수지니~

하......
K 선배 말이야, 자꾸 연락해.
저번에는 '요기나게 쓰일 것 같아서 ^^'
이러더니 발목 양말을 주더라고ㅠ

ㅋㅋㅋㅋㅋㅋㅋㅋ
너 좋아하는 거 맞음?

발목 양말이 싫은 걸까요, '요기나게'가 싫은 걸까요? 사실 둘 다 별로…….

'요기나다'라는 단어는 없습니다. '요긴하다'라는 단어가 있을 뿐. '중요할 요(要)'에 '팽팽할 긴(緊)'이 합쳐진 한자어로 '꼭 필요하고 중요하다'는 뜻을 나타내지요.

이 글자를 발음 그대로 '요기나다', '요기나게' 이렇게 쓰면 안 된답니다. 아무리 중요한 상황에서 진지하게 말을 해도 이렇게 쓰는 순간 상대가 '풉' 하고 웃을지도 몰라요.

올바른 표현 알기 | 고마워, 요기나게 쓸게 (X)
↪ 고마워, <u>요긴하게</u> 쓸게 (O)

웬지 : 왠지

———————— 74

gray_rain

---

gray_rain 오늘은… 웬지 비가 올 것 같다. 회색 구름 꾸물꾸물.

#비오는날 #창가에서 #와인한모금

영화 주인공 '벤지'를 생각나게 하는 단어, '왠지'를 한번 살펴
볼까요. 일단 올바른 맞춤법은 '왠지'입니다. '웬지'가 아닙니
다. 왜냐고요? '왜 그런지 모르게'라는 뜻을 가지고 있기 때문
입니다. '왠지 비가 올 것 같다'는 말을 풀어 써보면, '왜 그런
지 모르겠지만 비가 올 것 같다'가 되죠. 여기서 '왠지'는 '왜인
지'의 줄임말입니다. 우리가 이유를 되물을 때 '왜요?'라고 하
지, '웨요?'라고 하지는 않잖아요. 그러니 '왠지'도 '웬지'라고
하면 안 되는 것이죠.

그런데 이 말과 엄청 헷갈리는 또 다른 표현들이 있습니다. 바
로 '웬 놈이냐', '웬일이냐'와 같은 표현들이죠. '웬'은 '어찌 된'
혹은 '어떠한'이라는 뜻을 지니고 있는데, 예상치 못한 의외의
상황이 발생했을 때 주로 사용합니다. '웬 놈이냐!'는 '아이고,
깜짝이야! 도대체 어떤 놈이냐!'는 의미를 담고 있고, '웬일이
냐'도 '어머, 평소와 다르게 네가 어쩐 일이야'와 같은 뜻을 담
고 있지요. 심지어 '웬일'은 이것 자체가 한 단어로써 '웬 - 일'
이라고 붙여 써야 맞습니다.

어휴, 너무 헷갈린다고요? 그럼 오늘은 일단 '왠지' 하나만 제
대로 알고 가자고요!

윗어른 : 웃어른

＃────────── 75

** 월 ** 일 ** 요일							날씨 맑음		
나	도		이	제	부	터		윗	어	른
께		인	사	를		잘		해	야	겠
다	.									

평소 자주 헷갈리는 말이라고요? 네, 초등학생들만 자주 틀리는 말이 아닙니다. 글로 쓸 때뿐 아니라 말할 때도 자주 틀리는 대표적인 단어예요.

'윗어른'은 틀린 말, '웃어른'이 맞습니다. '나보다 나이나 지위, 항렬 따위가 높아서 모시는 어른'이라는 뜻이죠. '위-아래'의 개념이 없기 때문에 '윗어른'이라고 쓸 수는 없습니다. 생각해보세요. 만약 '윗어른'이 있다면 '아래어른'도 있어야겠지요. '윗옷'과 '아래옷', '윗집'과 '아랫집', '윗니'와 '아랫니'처럼 말입니다. 위와 아래가 대립하는 단어가 있을 경우에 '윗-'을 사용합니다.

올바른 표현 알기 | 윗어른께 인사를 잘하자 (X)
↳ <u>웃어른</u>께 인사를 잘하자 (O)

유도 심문 : 유도 신문

___park

___park **월**일
자꾸 유도심문 하는 너,
정말 지친다.

#오늘의노래 #난여자가있는데

요즘 SNS나 인터넷 게시판에서 자주 보이는 대표적인 틀린 맞춤법이네요. 맞는 말은 '유도 신문'입니다.

일단 '유도하다'라는 단어를 알아볼까요? '꾈 유(誘)'에 '이끌 도(導)'를 써서 '사람이나 물건을 목적한 장소나 방향으로 이끌다'라는 뜻을 나타내죠. 그리고 '신문하다'는 '물을 신(訊)'에 '물을 문(問)'자를 써서 '알고 있는 사실을 캐내어 묻다'라는 뜻입니다.

이 두 가지 한자어가 합쳐진 단어이므로, '유도 심문'이라는 말은 없는 말입니다. 내가 원하는 쪽으로 캐내어 묻는 것은 '유도 심문'이 아닌 '유도 신문'인 것이죠.

마찬가지로 '용의자를 심문했다'는 말 대신 '용의자를 신문했다'라고 해야 맞는 표현이 된답니다.

올바른 표현 알기 | 유도 심문에 넘어가지 말아야지 (X)
                     | ↪ <u>유도 신문</u>에 넘어가지 말아야지 (O)

인권비 : 인건비

경영 적자 해소를 위한
인권비 절감 방안

문서번호 :	전결규정 :				
기안일자		결재	담당	과장	부장	사장
시행일자						
보존기한						

아쉽게도 이 제안서는 채택되기 힘들 것 같네요. '인권비'가 무엇이며, 어떻게 하면 '인권비'를 줄일 수 있을지 아리송하기만 하거든요.

'인권'이란 '인간으로서 당연히 가져야 하는 기본 권리'를 뜻합니다. 따라서 '인권비'라고 쓰면 '인간의 기본 권리를 위한 비용'이라는 뜻이 되는데, 사실상 새로운 경영 용어를 창조한 셈이죠.

잊지 마세요. '사람을 부리는 데에 드는 비용'이란 뜻의 올바른 표현은 '인권비'가 아니라 '인건비'입니다.

올바른 표현 알기 | 인권비 절감 방안 (X)
↳ 인건비 절감 방안 (O)

일부로 : 일부러

일부로 말한 거 아니야…
어쩌다 얘기가 나와서…
응?? 미진아??

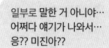
미진

누구세요??
이제 모르는 사이니까
제 얘기 하고 다니지
마세요.

소문 퍼뜨리기 좋아하는 사람은 결국 그 실체가 밝혀지게 마련이죠. 남의 말 하는 것을 멈추고 그 시간에 책을 한 권 더 읽으면 좋았으련만……. 그랬다면 친구도 잃지 않고, '일부로'의 올바른 맞춤법도 익힐 수 있었을 텐데요.

'어떤 목적이나 생각을 가지고' 혹은 '마음을 내어 굳이'라는 뜻의 부사는 '일부로'가 아니라 '일부러'라고 써야 맞습니다. 비슷한말로는 '부러'가 있습니다.

그렇다면 '일부로'는 언제 사용할 수 있을까요? 일단 '일부로'라는 부사는 없습니다. 대신 '여럿 중에 한 부분'을 뜻하는 '일부'라는 명사가 있지요. '그는 자연의 한 부분으로 살았다'는 문장을 이 명사를 써서 바꿔보면, '그는 자연의 일부로 살았다'와 같이 쓸 수 있겠죠.

'일부로'와 '일부러', 모양은 비슷하지만 사용법은 전혀 다르답니다.

올바른 표현 알기 | 일부로 말한 거 아니야 (X)
↪ <u>일부러</u> 말한 거 아니야 (O)

일일히 : 일일이

Q '지금 도형 문제를 풀고 있습니다. 혹시 일일히 전개도를 그리지 않고도 푸는 방법이 있을까요?

 2020.00.00 · 조회수 0000

> **비공개 답변**
> 척척박사 · 최근답변일 2020.00.00 · 조회수 0000
>
> A 일단 지금 어떤 문제를 풀고 계신지…

'일일히'와 '일일이' 중 무엇이 맞을까요? 바로 '일일이'입니다. 비슷하게 헷갈리는 단어들이 몇 개 더 있죠. '달마다'를 나타낼 때는 '다달이'라고 써야 할까요, '다달히'라고 써야 할까요? '깊이 생각하는 모습'을 표현할 때는 '곰곰이'라고 써야 할까요, '곰곰히'라고 써야 할까요? 혹시 '틈틈이'가 맞을까요, '틈틈히'가 맞을까요? 일단 위에서 예로 든 단어들은 모조리 '동사'를 꾸며주는 '부사'로 '‐이'로 끝나는 게 맞습니다. 그럼 또 다른 예를 들어볼까요? '깊숙하다'는 '겉에서 속까지의 거리가 멀고 으슥하다'는 뜻을 나타내는 형용사입니다. '깊숙한 산골짜기'나 '강물이 깊숙하다' 같은 식으로 쓰이죠. 그런데 이 형용사를 부사로 바꿀 때도 역시나 '‐이'가 붙습니다. '모자를 깊숙이 내려 쓰다' 이런 식으로요. '깊숙히'가 아니랍니다.

올바른 표현 알기	일일히 그려보세요 （ X ）
	↳ 일일이 그려보세요 （O）
	다달히 월세를 내다 （ X ）
	↳ 다달이 월세를 내다 （O）
	가방 깊숙히 넣어 （ X ）
	↳ 가방 깊숙이 넣어 （O）

일찌기 : 일찍이

일상

.

 J
2020.00.00 · 조회수 0000

광란의 밤.
뒷풀이는 거르고
일찌기 집에 왔다.
아… 피곤.

'일찌기'라는 단어를 마주하니 저 앞에서 보았던 '요기나게'가 떠오르네요. 말로는 자주 사용하지만 글로 써 있는 걸 접하지 못한 경우 흔히 저지르는 실수입니다. 맞춤법을 확인하지 않고 소리 나는 대로 적다 보면 이렇게 자기도 모르게 '맞춤법 파괴자'가 되어 있을 거예요. 확실하지 않은 단어라면 꼭, 반드시, 사전을 찾아보자고요.

일찍이
[1] 일정한 시간보다 이르게(=일찍).
[2] 예전에. 또는 전에 한 번.

올바른 표현 알기	아침 일찌기 출발했다 (X)
	↳ 아침 일찍이 출발했다 (O)
	그런 일은 일찌기 경험해보지 못했다 (X)
	↳ 그런 일은 일찍이 경험해보지 못했다 (O)

있슴 : 있음

○○○
**브랜드
가을 창고
대개방!**

**모든 사이즈
다 있슴**

이거, 참 헷갈리기 쉽습니다. 한때 문장의 종결 어미를 '있읍니다'라고 썼던 때가 있었죠. 그래서 줄임말도 고민하지 않고 '있음'이라고 썼습니다. 하지만 세월이 흐르고 흘러 이제는 '있습니다'를 쓰는 시대가 되었네요. 그러니 갑자기 혼란스럽습니다. '있읍니다'를 '있음'이라고 썼으니, '있습니다'는 '있슴'이라고 써야 하는 게 아닐까. 그런데 그렇게 한 세트로 묶어서 사용하는 말이 아니랍니다. 규칙은 이렇습니다.

'있습니다'를 명사형 어미로 쓸 때에는 '있음'이라고 써야 합니다. 'ㄹ'을 제외한 받침으로 끝나는 어간을 명사형 어미로 쓸 때에는 '-음' 형태로 써야 맞습니다.

그러니까 '있읍니다'가 '있습니다'로 바뀐 것과는 상관없이 대부분의 명사형 어미는 '-음' 상태로 써야 되는 게 맞군요. 요즘 인터넷에서 '이씀'이라는 표현도 자주 보이니, 언젠가 "'있음'이 맞나요, '이씀'이 맞나요?"라는 질문이 생길지도 모르겠습니다.

올바른 표현 알기 │ 모든 사이즈 있슴 (X)
　　　　　　　　　　 ↪ 모든 사이즈 있음 (O)

으시대다 : 으스대다

'으시댄 적 없다'는 말은 믿어주자고요. 사실 으시대고 싶어도 그럴 수 없었을 겁니다. '으시대다'라는 말 자체가 사전에 없거든요.

올바른 맞춤법은 '으스대다'입니다. '어울리지 않게 우쭐거리며 뽐내다'라는 뜻이죠. 많이들 사용해서 맞겠거니 으레 생각하며 사용하는 말들이 꽤 많습니다.

비슷하게 헷갈리는 표현들로는 '으시시하다', '부시시하다' 등이 있습니다. 올바른 표현은 '으스스하다', '부스스하다'죠.

올바른 표현 알기	으시대지 마라 (X)
	↳ 으스대지 마라 (O)
	왠지 분위기가 으시시하네 (X)
	↳ 왠지 분위기가 으스스하네 (O)
	부시시한 머리 (X)
	↳ 부스스한 머리 (O)

졸립다 : 졸리다

angel

♡ ◯ ⚐   🔖

angel 귀여운 우리 딸,
졸리운지 자꾸 눈을 비비네.
자는 모습은 얼마나 더 천사인지.

#사실잘때가제일예뻐

아기들은 참 귀엽습니다. 그래서 저절로 "에구~ 졸립구나, 졸리워요~" 이런 말이 나오기 마련이지요. 하지만 안타깝게도 '졸립다'나 '졸리웁다'는 사전에 없는 말입니다. 올바른 맞춤법은 '졸리다'입니다. 따라서 '졸리운지', '졸립구나', '졸리워요'라는 말 대신 '졸린지', '졸리구나', '졸려요'라고 표현해야 한답니다.

올바른 표현 알기

피곤해서 졸리웁다 (X)
↪ 피곤해서 <u>졸리다</u> (O)

우리 아기, 졸립구나 (X)
↪ 우리 아기, <u>졸리구나</u> (O)

찌게 : 찌개

메뉴판

김치찌게   6,000원
된장찌게   6,000원
고추장찌게   6,000원

〈아침 식사 됩니다〉

ㅈ

찌게? 찌개? 일상에서 자주 쓰이는 말이지만, 또 그만큼 자주 헷갈리기도 하는 말입니다. 국립국어원 질문 게시판에도 자주 올라오는 말이고요.

질문)

예전에는 찌게와 찌개 둘 다 사용했다고 들었는데, 그때는 두 표현 다 인정되었던 건가요?

국립국어원 답변)

'찌개'로 표기하는 것이 바릅니다. '찌게'와 '찌개'가 둘 다 맞는 표현이라는 설명은 들어본 적이 없습니다.

답변이 아주 단호하네요. 그러니 이제 '찌게'는 버리세요. 예나 지금이나 '찌개'만이 맞는 표현입니다.

올바른 표현 알기 | 김치찌게 먹고 싶다 (X)
김치찌<u>개</u> 먹고 싶다 (O)

천정 : 천장

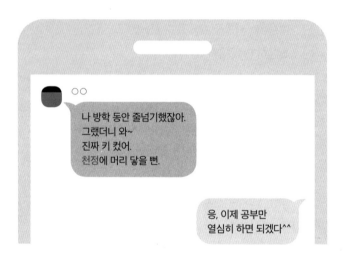

전등이 달려 있는 방 안의 가장 높은 곳을 말하고 싶은 거라면, '천정'이 아니라 '천장'이라고 해야 합니다. '천장'은 '하늘 천(天)'과 '가로막을 장(障)'이 합쳐진 말로, 하늘을 가로막은 구조물, 즉 지붕의 안쪽 구조물을 의미하지요.

과거에는 '천정'과 '천장' 모두 같은 뜻으로 사용했으나, '비슷한 발음의 몇 형태가 함께 쓰일 경우 그중 하나가 더 널리 쓰이면 그 한 형태만을 표준어로 삼는다'는 표준어규정 제17항에 따라 현재는 '천장'이 표준어가 됐습니다. '천정'이라는 말을 써서 옛날 사람으로 불리지 말자고요.

올바른 표현 알기 │ 천정에 머리가 닿아서 (X)
↪ 천장에 머리가 닿아서 (O)

철썩같이 : 철석같이

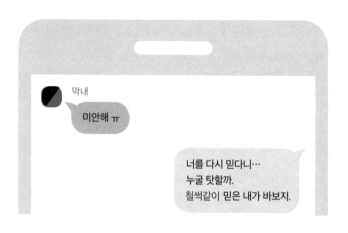

막내

미안해 ㅠ

너를 다시 믿다니…
누굴 탓할까.
철썩같이 믿은 내가 바보지.

'철썩같이'라고요? 너무 화가 나서 뺨이라도 한 대 '철썩' 때리고 싶은 마음을 표현한 걸까요? 누군가는 '찰떡같이 믿는다'는 의미로, 찰떡이 철썩 달라붙으니까 '철썩같이'라고 표현한 게 아니냐고 하던데. 제발, 아닙니다! 찰떡이든, 철썩이든 모두 다 아닙니다!

'철석같이'에서 '철석'은, '쇠 철(鐵)'과 '돌 석(石)'이 합쳐진 말로 말 그대로 쇠와 돌을 의미합니다. 즉 '철석같이 너를 믿었다'는 표현은, 너에 대한 믿음이 쇠와 돌만큼이나 굳고 단단했다는 의미가 되겠지요. 실제로 '철석같이'의 뜻을 사전에서 찾아보면 '마음이나 의지, 약속 따위가 매우 굳고 단단하다'라고 나온답니다.

올바른 표현 알기 | 철썩같이 믿은 내가 바보지 (X)
↳ 철석같이 믿은 내가 바보지 (O)

쳐먹다 : 처먹다

신혼, 안녕~~

 J
2020.00.00 · 조회수 0000 　　　　　　　　　　 + 이웃추가 　⋮

우리 남편, 먹는 모습이 참 복스러워요.
그 모습이 좋아서 매끼 이것저것 만들었는데요.
오늘 아침, 남편이 먹는 모습을 멍하니 쳐다보면서
저도 모르게 '참 잘도 처먹네' 하고 생각했지 뭐예요??
에휴, 이제 신혼 시절이 끝나가나 봅니다.

앞으로도 '쳐먹네'라는 말은 생각으로만 하시길 권해드려요. 게다가 사전에도 없는 말이거든요. 올바른 맞춤법은 '처먹다'입니다. '먹는 모습'을 속되게 이르는 표현이지요. 실제로 욕심 사납게 마구 먹는 모습을 표현하는 말이기도 하고요. 그러니까 그날 아침, 남편이 실제로 욕심 사납게 먹었을 수도 있고, 내 마음 상태 때문에 남편이 처먹는 것처럼 보였을 수도 있고…… 그런 것이랍니다.

어느 쪽이든 '쳐먹다'라는 없는 말을 사용하면 안 된다는 것은 꼭 기억하자고요.

올바른 표현 알기 | 참 잘도 쳐먹네 (X)
참 잘도 처먹네 (O)

치루다 : 치르다

3. 괄호 안의 표현 중
   맞는 것에 표시하세요.

① 일을 (치루다/치르다)
② 시험을 (치루다/치르다)
③ 옷값을 (치루다/치르다)

앞의 시험문제를 모두 함께 풀어보세요.

자, 그럼 올바른 답은 무엇일까요? 놀랍게도 세 문제의 답은 모두 같습니다. 바로 '치르다'입니다. 경우에 따라 구분해서 써야 할 것 같았는데, 이렇게 되면 오히려 기억하기 쉽겠죠?

주어야 할 돈을 내주는 것도 '치르다'이고, 어떤 일을 겪어내는 것도 '치르다'입니다. 그러니 "그렇게 큰일을 치르다니 고생 많았어요"와 같은 표현을 쓸 때, 잘못해서 '치루다'로 쓰면 안 되겠지요.

올바른 표현 알기	일을 치루다 (X) ↳ 일을 치르다 (O)
	시험을 치뤘어 (X) ↳ 시험을 치렀어 (O)
	옷값을 치루고 난 후 (X) ↳ 옷값을 치르고 난 후 (O)

키다 : 켜다

\# ——————————————————— 89

요즘 에어컨 얼마나 키세요?

알뜰••• · 2020.00.00. 00:00   💬 댓글 20 ⋮

저만 습하고 찝찝한가 봐요.
생각보다 다들 안 키시는 것 같아요.
전 새벽에도 키는데… 저만 키나요?

ㅋ

'에어컨을 키다'라는 문장에서 고쳐야 할 부분은 어디일까요? 바로 '키다'라는 단어입니다. '키다' 대신 '켜다'라고 써야 맞습니다. 더불어 '키세요'나 '키나요' 같은 말 대신 '켜세요', '켜나요'라고 해야 하지요.

사실 고백하자면, 저도 이럴 때가 있었습니다. 지역 사투리를 의심 없이 쓰던 시절이 있었거든요. 그때 저는 자리에서 일어나는 것을 표현할 때도 '서세요' 대신 '스세요'라고 했지요. 어간 역시 '서다'가 아니라 '스다'라고 철석같이 믿고 있었어요. 잘못됐다는 걸 알았을 때의 그 놀라움이란…….

'에이컨을 키세요'라는 문장을 봤을 때 마음이 동했던 것은 제게도 그런 사연이 있기 때문이랍니다.

올바른 표현 알기

에어컨을 키세요 (X)
↪ 에어컨을 켜세요 (O)

라디오를 키고 (X)
↪ 라디오를 켜고 (O)

폐륜아 : 패륜아

 ───────────────────────── 90

Q 폐륜아는 무슨 뜻인가요?

 비공개 답변
단어왕 · 최근답변일 2020.00.00 · 조회수 0000

A 님이 단어를 잘못 알고 계신 것 같습니다. 폐륜아가 아니라 패륜아입니다.

'패륜아'는 '어그러질 패(悖)', '인륜 륜(倫)', '아이 아(兒)'라는 한자가 합쳐진 단어입니다. 즉, '인간으로서 마땅히 지켜야 할 도리에 어그러지는 행동을 하는 사람'이라는 뜻이지요. 주로 부모에게 인간으로서 해서는 안 되는 짓을 저지른 사람을 '패륜아'라고 부릅니다.

요즘 기사 댓글이나 SNS 등에서 '폐륜아'로 잘못 쓴 경우를 자주 보게 되는데요. '폐륜아'와 '패륜아', 글자 모양이 상당히 비슷해서 종종 헷갈릴 수 있으니 정확한 한자어를 찾아보는 게 실수를 줄이는 방법입니다.

올바른 표현 알기 | 폐륜아가 되지 맙시다 (X)
↪ 패륜아가 되지 맙시다 (O)

한 웅큼 : 한 움큼

‹ 메모   ⋯

오늘도 ○○는 잘 먹고 잘 놀았답니다.
바깥놀이 시간에 모래놀이를 했는데,
○○가 모래를 한 웅큼 집어 들고 무척 좋아했어요~!

⊘   ◉   ✎   ▱

이거 정말 헷갈리네요. '한 웅큼'이 맞을까요, '한 움큼'이 맞을까요? 정답은 '한 움큼'입니다. 손으로 한 줌 움켜쥘 만한 분량을 세는 단위는 '움큼'이거든요. 그러니 '한 움큼'이란, 손으로 한 번 쥔 정도의 분량이라는 뜻이지요.

보통 말로 할 때 '웅큼'에 가깝게 발음하는 경우가 많아서 더 혼동되는데요. 잊지 마세요. '움큼'만 표준어로 삼고 있습니다.

올바른 표현 알기 | 모래를 한 웅큼 집어 들고 (X)
                       ↪ 모래를 한 움큼 집어 들고 (O)

                       머리카락이 한 웅큼씩 빠져요 (X)
                       ↪ 머리카락이 한 움큼씩 빠져요 (O)

-할께 : -할게

 ——————————————

(오늘) 오후 11:30

우리 얘기 좀 해.

할 얘기 없는데.
너 화 다 풀리면 그때 연락할께.

이런 식으로 대꾸하면 영원히 화가 풀릴 것 같지 않은데요. 그런데 더 눈에 띄는 것은 '연락할게'로군요. 종결 어미를 소리 나는 대로 '-께'라고 적은 것이죠. 정말 자주 쓰는 말인데도 수많은 사람들이 매번 저지르는 맞춤법 실수입니다.

'행동에 대한 약속이나 의지를 나타내는 종결 어미'는 '-ㄹ게'가 맞습니다. 즉 '연락할께'는 '연락할게'로 써야 하고, '전화할께'는 '전화할게'로 써야 합니다. 사실 종결 어미이기 때문에 틀리게 써도 문장의 의미는 달라지지 않습니다. 그래서 관심이 없다면 계속 틀리게 쓰기 쉽지요. 그 말인즉슨 이것을 올바르게 쓰는 사람이라면 다른 맞춤법은 더 제대로 알고 있을 확률이 높다는 뜻입니다. '연락할께'를 '연락할게'로 쓰고 있다면, 상대로부터 '의외로 교양이 풍부한 사람'이라고 인정받을 수 있지 않을까요.

올바른 표현 알기

이따가 다시 연락할께 (X)
↪ 이따가 다시 <u>연락할게</u> (O)

내일 얘기할께 (X)
↪ 내일 <u>얘기할게</u> (O)

해되다 : 해대다

층간 소음 때문일까요? 귀가 쫑긋해지는 사연이긴 하지만, 일단 맞춤법부터 짚고 넘어가야겠네요.

'욕을 해되다'라는 말은 잘못된 표현입니다. '욕을 해대다'라고 써야 맞아요. 앞말이 뜻하는 행동을 반복하거나 그 행동의 정도가 심함을 나타낼 때는 동사 뒤에 보조 동사인 '대다'를 붙여야 하거든요. 주로 '-어/-아 대다'의 형식으로 쓰이죠. 그런데 본용언과 보조 용언은 띄어 씀이 원칙이지만 붙여 씀도 허용합니다. 따라서 욕을 '하다'에는 '-어대다'가 붙어 '해대다'가 되는 것입니다.

올바른 표현 알기

갑자기 욕을 해되는 거야 (X)
↪ 갑자기 욕을 <u>해대는</u> 거야 (O)

자랑을 해되더라고 (X)
↪ 자랑을 <u>해대더라고</u> (O)

해죠 : 해줘

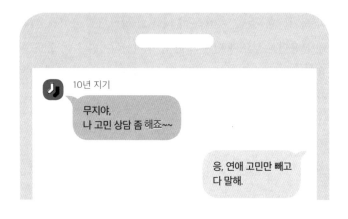

10년 지기

무지야,
나 고민 상담 좀 해죠~~

응, 연애 고민만 빼고
다 말해.

'해죠'라는 표현을 보면, 예전에 포털 사이트에서 봤던 질문이
생각납니다. "그 사람이 귀여운 여자가 이상형이라는데 톡 말
투를 어떻게 하면 더 귀여울까요?" 아마도 대충 이런 질문이
었던 것 같아요. 그랬더니 댓글에 이런 식의 답변들이 달리더
라고요.

"끝에 'ㅇ'을 붙여보세요. 대답을 '웅웅' 이렇게 하거나 '안녕', '뭐 행?' 이런 식으로요. 아니면 '해죠'나 '따랑해' 이렇게 애교를 섞어서 말해보는 것도 괜찮겠네요."

그렇습니다. '해죠'라는 표현은, '나는 지금 혀가 반밖에 없다'는 기분으로 한껏 애교를 담아 말하고 싶을 때 쓰는 표현입니다. 절대 귀여워 보이고 싶지 않은 상대방에게 '해죠'를 남발하거나 무언가를 정식으로 요청할 때 이 표현을 쓴다면 자신도 모르게 오해를 살 수 있어요. 올바른 표현은 '해줘'가 되겠습니다. '해주십시오', '해주세요', '해줘'와 같이 '해주다'에서 파생된 올바른 표현을 사용해야 합니다.

그런데 한 가지, 비교해볼 만한 다른 표현이 한 가지 있습니다. 실제로 종결 어미를 '-죠'라고 써도 괜찮은 경우가 있거든요. 바로 문장이 '-지요'로 끝날 때입니다. '하겠지요', '알겠지요', '있겠지요'와 같은 문장들은 '-지요'를 '-죠'로 줄여서 쓸 수 있어요. 따라서 '하겠죠', '알겠죠', '있겠죠' 이런 식으로 바꾸어 쓸 수 있습니다.

올바른 표현 알기 | 고민 상담 좀 해죠 (X)
↪ 고민 상담 좀 해줘 (O)

핼쓱하다 : 핼쑥하다

'얼굴에 핏기나 생기가 없어 파리하다'는 뜻을 나타낼 때 종종 '핼쓱하다'라고 말하곤 하죠. 하지만 안타깝게도 '핼쓱하다'는 잘못된 표현입니다. 올바른 표현은 '핼쑥하다' 혹은 '해쓱하다'입니다.

'핼쑥하다'와 '해쓱하다' 모두 정도의 차이만을 나타낼 뿐 '파리한 기색'을 의미하는데, 이 두 가지 표현에서 각각 한 글자씩만 따서 만든 것 같은 '핼쓱하다'는 슬프게도 잘못된 표현입니다. '핼쑥하다'나 '해쓱하다'라고 말하면 좀처럼 어감이 살지 않는다고요? 그러나 어쩌겠어요. 말할 땐 대충 넘어갈 수 있을지 모르지만, 글로 적을 땐 올바른 표현으로 사용하자고요.

올바른 표현 알기 | 얼굴이 핼쓱하다 (X)
↳ 얼굴이 <u>핼쑥하다</u> / <u>해쓱하다</u> (○)

향균 : 항균

코로나19 펜데믹으로 전 세계가 혼란에 빠진 2020년 현재, 사람들은 지문이 닳도록 부지런히 손을 씻고, 본인의 입 냄새로 숨을 쉬는 고역을 감내하며 어딜 가든 마스크를 쓰고 다닙니다. 세균이나 바이러스를 차단한다는 '항균' 제품도 홍수처럼 쏟아져 나오고요.

그런데 말입니다, '항균'은 알겠는데 '향균'은 도대체 무슨 기능인가요? 수많은 제품이 '99.9% 향균'을 자랑스레 내세우며 홍보하기에 정말 궁금했지 뭐예요. 잘은 몰라도 '향기도 좋고 항균 기능도 있다'는 얘기인가 싶어 검색까지 해봤다고요.

결론을 말하면, '향균'이란 건 없답니다. '균'에 이중 모음이 있으니 앞 글자도 맞춰서 이중 모음을 써야 마땅할 것만 같은, 알 수 없는 심리가 작용한 것일까요? 체감으론 '항균' 제품 광고의 태반이 '향균'이라 표기하는 듯한데요. 항균, 살균, 멸균, 제균, 정균 등 균을 어쩐다는 다양한 용어들 가운데 아무튼 '향균'이란 건 없답니다.

올바른 표현 알기 | 99.9% 향균 기능 (X)
↳ 99.9% <u>항균</u> 기능 (O)

허구헌날 : 허구한 날

— 97

everyevery

everyevery 허구헌날 누워서 스마트폰만 하는 나.

#강제자가격리행 #코로나야물러가라

오, 알고 계셨나요? '허구헌날'이 아니라 '허구한 날'이 맞는 표현이라네요! '허구헌날'이라는 단어가 따로 있는 줄 알았는데, 알고 보니 '허구하다'와 '날'이 결합된 말이더군요.

'세월 따위가 매우 오래다'는 뜻을 지닌 '허구하다'가 '날' 앞에 놓여서 '매일매일'과 비슷한 뜻을 나타냅니다. 반면 '허구허다'라는 말은 아예 없는 단어입니다. 그러니 사용하면 안 되겠죠?

올바른 표현 알기 | 그는 허구헌날 일만 해 (X)
☞ 그는 <u>허구한 날</u> 일만 해 (O)

호위호식 : 호의호식

 —————————————————— 98

평생 호위호식하며 살아온 부패 정치인 OOO

댓글 5   **최신순** 과거순 공감순

---

gksrmftkfkd**** 그동안 호위호식하며 살았으면 이제 죗값을 치르시길

답글   ♡ 0 ♋ 0

---

sorkejgks****   아니, 여기 맞춤법 왜 이럼?? 호의호식이 맞는 거 아님?

답글   ♡ 0 ♋ 0

한국어에는 한자어가 많은 편입니다. 따라서 단어의 맞춤법이 헷갈리거나 뜻이 아리송할 때는 한자의 조합을 한번 확인해보는 게 좋아요. '호의호식'같이 발음이 헷갈려 맞춤법을 자주 틀리는 단어가 특히 그렇습니다.

'호의호식'은 '좋을 호(好)', '옷 의(衣)', '좋을 호(好)', '음식 식(食)'이 합쳐진 단어예요. '호의호식한다'는 말은, 좋은 옷을 입고 좋은 음식만 먹으면서 산다는 뜻으로 더 쉽게 표현하자면 '잘 먹고 잘산다'는 의미가 됩니다. 누군가를 비난하는 부정적인 의미로 더 많이 사용되는 말이지요.

올바른 표현 알기 | 호위호식하는 정치인 (X)
↳ 호의호식하는 정치인 (O)

흐뭇하다 : 흐믓하다

No.1

우리 탄이들 빌보드 1위!
내가 다 흐뭇하다.

'므흣하다'라는 표현이 한동안 유행했습니다. 사전에는 없는 신조어죠. 뜻을 명확히 규정할 수는 없지만 '음흉한 미소를 띤 채 즐거워하는 반응' 정도의 의미로 많이 사용했고, 저 역시 재미있어하며 종종 사용했었죠. 뭐랄까, 유행어라는 특성상 그때, 그 표현만이 가지는 절묘한 느낌이 있거든요. 지금은 잊힌 많은 유행어들이 한때는 그런 절묘한 감각을 지니고 있었겠죠. 그런데 이제 '므흣한 시대'는 지나갔어요. 그러고 났더니, 조금 희한한 현상이 나타나기 시작합니다. 사전에 당당하게 기재되어 있는 '흐뭇하다'를 '흐믓하다'라고 잘못 쓰는 경우가 많아지기 시작한 거예요. 마치 '므흣하다'를 글자 순서만 뒤바꾸어 쓰듯이 말이에요.

'흐뭇하다'는 '마음에 흡족하여 매우 만족스럽다'는 뜻을 나타냅니다. 컴퓨터로 써보면 '뭇'이 살짝 뭉개져서 '믓'과 매우 흡사해 보이지만, '뭇'과 '믓'은 엄연히 다르죠. 직접 종이에 써 보면 모양의 차이점을 확실히 알 수 있을 거예요.

올바른 표현 알기 | 내 마음이 흐믓하다 (X)
↳ 내 마음이 <u>흐뭇하다</u> (O)

희안하다 : 희한하다

waterfall

waterfall 요즘 날씨 참 희안하다.
장마가 너무 길고
비도 한꺼번에 쏟아지듯이 오고

#미친날씨 #이게다환경오염때문

환경도 걱정되지만, 한글 맞춤법도 꽤나 걱정되는 요즘이지요. '희한하다'를 '희안하다'라고 잘못 쓰는 경우가 너무 많아서, 이제는 뭐가 맞는지 헷갈릴 지경입니다. 발음으로 구분하려고 하면 쉽지 않아요. 그럴 때는 한자를 살펴보는 게 도움이 됩니다.

'매우 드물거나 신기하다'는 뜻을 나타내는 '희한하다'는, '드물 희(稀)'자에 '드물 한(罕)'자를 씁니다. 같은 뜻이 두 번이나 겹쳐 있네요. 드물고 드문 일이니 얼마나 신기할까요.

그러고 보니, 요즘의 상황을 세종대왕님이 본다면 이런 말을 하지 않을까요.

"희한한 것을 보고 자꾸 희안하다고 하니. 허허, 참 희한한 사람들이구먼."

올바른 표현 알기 | 그 사람 참 희안해 (X)
↪ 그 사람 참 <u>희한해</u> (O)

알아두면
기본은 하는

띄어쓰기 규칙
10

우리말 띄어쓰기의 기본 틀은 '조사와 접사, 어미를 제외한 모든 단어를 띄어 쓴다'입니다. 딱 여기까지면 좋을 텐데, 맞춤법이 그리 호락호락할 리가 있겠습니까? 예외의 경우는 셀 수도 없고, '띄어 씀을 원칙으로 하되 붙여 씀도 허용한다'는 항목도 한두 개가 아니에요. 이럴 거면 애초에 규칙은 왜 있는 거냐는 불만을 가슴 깊은 곳에서부터 끓어오르게 하지요.

그래서 많은 이들이 띄어쓰기에는 관대해지나 봅니다. 띄어쓰기가 좀 틀려도 그럭저럭 소통만 된다면 말이죠. 하지만 그 유명한 '아버지가방에들어가신다'나 '아기다리고기다리~'의 예에서 알 수 있듯, 올바른 띄어쓰기는 정확한 의사소통에 꼭 필요해요. 여기서는 어떻게 띄어 쓰느냐에 따라 의미가 달라지는 말 위주로 몇 가지만 알아볼게요. 이것만 알아둬도 띄어쓰기, 기본은 합니다!

1. '같이'와 '같은'

'함께'를 뜻하는 '같이'는 부사이므로 기본적으로 띄어 씁니다. 그러나 '-처럼'으로 바꿔 쓸 수 있다면 조사이니 붙여 써야 해요. '매일같이'와 '새벽같이'처럼 때를 강조하는 '-같이'도 붙여 씁니다.

'우리(매일)같이놀아요'를 예로 들어볼까요? 띄어쓰기에 따라 다음과 같이 의미가 확 달라지는 걸 알 수 있답니다.

🖙 우리같이 놀아요(우리처럼 놀아요).

🖙 우리 같이 놀아요(우리(는) 함께 놀아요).

🖙 우리 매일 같이 놀아요(우리(는) 매일 함께 놀아요).

🖙 우리 매일같이 놀아요(우리(는) 매일매일 놀아요).

'같은'의 경우에는 일단 띄어 쓴다고 보면 됩니다. '나 같은 사람', '백옥 같은 피부' 이렇게요. 다만 '감쪽같다', '꿈같다', '금쪽같다', '불꽃같다', '실낱같다', '주옥같다', '한결같다' 등 사전에 있는 합성 형용사의 활용형은 붙여 씁니다. ' - 같다'가 붙은 합성 형용사가 은근히 많으니 어쩐지 아리송하다 싶으면 사전을 찾아보길 권합니다.

2. '한번'과 '한 번'

'한번'은 명사 또는 부사로 쓰이는 하나의 단어예요. 사전을 찾아보면 몇 가지 풀이가 나오는데, 솔직히 그 풀이를 봐도 횟수를 나타내는 '한 번'과의 차이가 분명한 것 같지는 않아요. 그 자리에 '두 번'을 넣었을 때 뜻이 통한다면 띄어 쓰는 게 옳다는 국립국어원의 설명도 뭔가 속 시원하진 않고요. 그저 사전의 용례를 보고 익혀 응용하는 수밖에요.

'한번'과 '한 번'을 구분하는 또 하나의 방법을 귀띔하자면, 띄어 쓰는 '한 번'은 뒤에 ' - 만'을 붙이거나 앞에 '단' 또는 '딱'이 붙었을 때 어울린다는 거예요. 엄격히 '딱 한 차례'를 뜻하는 경우에는 띄어 쓰고, 나머지 경우에는 붙여 쓰면 되는 것이죠.

    🖝 (언제 기회가 되면) 밥 한번 먹자.
    🖝 밥 (단) 한 번(만) 먹자. / 밥 (딱) 한 번(만) 먹자.

3. '잘'과 '못'과 '안'

'잘'과 '못'과 '안'은 주로 부사로 쓰입니다. 사전을 보면 '잘'의 뜻이 무려 14개나 되는데요, 좌우지간 전부 긍정의 의미를 포함하는 듯합니다. 반면 '안'과 '못'은 부정의 의미지요. 부사이니만큼 띄어 쓰는 게 원칙이에요.

하지만 예외가 있답니다. '잘하다', '못하다', '잘나다', '못나다', '잘살다', '못살다', '잘되다', '못되다', '안되다'처럼 뒷말과 붙어 한 단어로 쓰이는 경우들입니다. 모두 부사 '잘'과 '못'의 의미를 포함하되 특정한 상황을 가리키는 좁은 의미로 사용하지요.

여기서 주목할 점. '잘하다'는 '자주 즐겨 한다'는 뜻으로 쓰일 때를 제외하고는 웬만하면 붙여 씁니다. '잘나다', '못나다'도 띄어 쓰는 경우는 없고요. 그리고 '안하다'라는 단어는 없어요. '안나다', '안살다'가 어색한 건 당연한 듯한데 '안하다'는 헷갈려 쓰는 경우가 많죠. '안 하다'로 무조건 띄어 쓰는 게 맞아요.

- 나는 노래를 잘한다(나는 노래 실력이 좋다).
- 나는 노래를 잘 한다(나는 노래를 즐겨 부른다).
- 나는 노래를 못한다(나는 노래 실력이 별로다).
- 나는 노래를 못 한다(나는 노래를 할 수 없다).
- 나는 잘났다(나는 남들보다 뛰어나다).
- 나는 못났다(나는 남들보다 모자라다).
- 나는 잘산다(나는 부유하다).
- 나는 잘 산다(나는 별 탈 없이 산다).
- 나는 못산다(나는 가난하다/나는 견딜 수 없다).
- 나는 못 산다(나는 죽는다).
- 그거 잘됐다(그거 〔결과가〕 썩 좋게 이루어졌다).
- 그거 잘 됐다(그것은 무사히 이루어졌다).
- 걔 못됐다(그 애는 〔품성이〕 고약하다).
- 걔 못 됐다(그 애는 의도한 바를 이루지 못했다).
- 걔 안됐다(그 애가 딱하다).
- 걔 안 됐다(그 애가 뜻하던 일이 이루어지지 않았다).
- ✚ 나 그거 안해. (×) ↻ 나 그거 안 해. (○)

4. '만하다'와 '-만 하다'

"알 만한 사람이 왜 그래?"와 "알만한 사람이 왜 그래?" 무엇이 맞을까요?

둘 다 맞습니다. 보조 용언은 앞말과 띄어 쓰는 것을 원칙으로 하되 경우에 따라 붙여 쓰는 것도 허용하거든요. '듯하다', '듯싶다', '법하다', '뻔하다', '성싶다', '척하다', '체하다'도 그런 경우에 속하지요. 그래서 '그럴 듯하다', '그럴듯하다', '그런 듯싶다', '그런듯싶다', '그럴 법하다', '그럴법하다', '그럴 뻔하다', '그럴뻔하다', '그럴 성싶다', '그럴성싶다', '그런 척하다', '그런척하다', '그런 체하다', '그런체하다'가 모두 맞는 표현이랍니다. 단 '알은척하다', '알은체하다'는 사전에 실린 하나의 단어로 '알은 척하다, 알은 체하다'로 띄어 쓰지 않아요.

한편, 보조 용언이 아닌 보조사 '만'은 경우가 달라요. 특히 앞말이 나타내는 대상이나 내용 정도에 달함을 나타내는 보조사 '만'은 앞말에 붙여 쓰고 뒷말과는 띄어 씁니다. 예를 들어 '집채만 한 파도', '나만 한 사람' 이렇게 쓰죠. 단, '대문짝만하다'는 하나의 단어로 사전에 등재돼 있으므로 모두 붙여 씁니다.

5. '뿐'

'뿐'은 의존 명사 또는 조사로 쓰입니다. 어느 경우든 의미는 같지만 품사에 따라 띄어쓰기가 달라져요. 의존 명사는 앞말과 띄어 쓰고, 조사는 붙여 쓰지요.

하지만 '뿐'을 쓸 때마다 이게 의존 명사인지 조사인지 따져봐야 한다면 어디 번거로워 쓰겠습니까? 그러니 이렇게만 기억하자고요. '앞말이 체언(명사, 대명사, 수사)이 아니고 ㄹ로 끝나면 띄어 쓴다'고요.

예를 들어, '입만 열면 거짓말뿐'에서, '거짓말'이 'ㄹ'로 끝나지만 명사이므로 '뿐'을 붙여 씁니다. '집에서뿐 아니라'처럼 앞말이 'ㄹ'로 끝나지 않는 경우에도 붙여 쓰고요. 앞말이 체언이 아니면서 'ㄹ'로 끝나는 경우에는 '오직 하나일 뿐', '사진만 남을 뿐', '웃기만 할 뿐'처럼 띄어 씁니다.

미안합니다. 맞춤법을 공부할 때마다 치가 떨리는 '다만'을 저도 쓸 수밖에 없네요. 다만, '-ㄹ뿐더러'는 하나의 어미로 붙여 씁니다. '그는 유능할뿐더러 성실하기까지 하다'처럼요.

6. '-할걸'과 '-할 걸'

'-ㄹ걸'은 짐작이나 유감을 나타내는 종결 어미입니다. 그래요, '종결' 어미죠. 따라서 문장을 끝맺는 말로 써야 합니다.

  ☞ 너 그러다 후회할걸?
  ☞ 미리 좀 해둘걸.

그런데 이 '걸'이 문장 중간에 오면 띄어 써야 한답니다.

  ☞ 후회할 걸 왜 그랬어?

↻ 미리 좀 해둘 걸 그랬다.

보세요, 심지어 '그랬다'를 서술어로 쓰면 뜻까지 똑같아요. 여기서 '걸'은 '것을'의 준말이고 '것'은 의존 명사이기 때문에 앞말과 띄어 쓰는 거예요. 그런데요, 이래저래 복잡하니 '문장 중간에선 띄우고 끝에서는 붙인다'고 간단히 외웁시다.

7. '-데'와 '데'

의존명사 '데'는 '장소, 일, 경우'를 뜻하므로 문맥에 따라 '곳'이나 '것에, 일에' 또는 '경우에'로 바꿔서 같은 말이 되면 띄어 써요.

↻ 콩 심은 데 콩 난다(콩 심은 '곳에' 콩 난다).
↻ 사랑하는 데 나이가 무슨 상관(사랑하는 '것에' 나이가 무슨 상관)?
↻ 코 막힌 데 쓰는 약(코 막힌 '경우에' 쓰는 약).

나머지 ' - 데'를 쓰는 경우는 활용 어미이니 붙여 쓰면 됩니다. 그런데 잠깐, 위에서 든 두 번째 예문이 아리송하지 않은가요? 그래서 '데'의 띄어쓰기가 어려운 거예요. 두 번째 예문의 경우, '데'를 앞말에 붙여 써도 틀린 문장이 되는 건 아닙니다. 대신 뜻이 달라지죠. '그런데'의 의미를 지닌 연결 어미로 쓰이는 것이니까요. 그러니 의도에 맞게 잘 구분해야 한답니다.

  ☞ 사랑하는데 나이가 무슨 상관(사랑한다. 그런데 나이가 무슨 상관이랴)?

8. '듯(듯이)'

'듯'도 어떤 품사로 쓰이느냐에 따라 앞말에 붙여 쓰거나 띄어 씁니다. 먼저 '비슷함' 또는 '짐작'을 나타내는 의존 명사인 경우에는 당연히 띄어 쓰지요. '듯(듯이)'을 '것처럼'으로 대체해도 무방하다면 의존 명사로 쓰였다고 볼 수 있습니다.

  ☞ 뛸 듯이 기쁘다(뛸 것처럼 기쁘다).
  ☞ 손에 잡힐 듯 가깝다(손에 잡힐 것처럼 가깝다).

다음으로, 앞의 내용과 뒤의 내용이 같음을 나타내는 연결 어미로 쓰일 때에는 연결 어미이므로 당연히 붙여 씁니다.

  ☞ 구름에 달 가듯 가는 나그네.
  ☞ 변덕이 죽 끓듯 하다.

여기서 사족 하나. 앞에서 '듯하다'를 붙여 쓴다고 했으니 '죽 끓듯하다'라고 써도 될까요? 아뇨, 안 됩니다. '듯하다'를 앞 말에 붙여 쓸 수 있는 건 보조 용언이기 때문이에요. '끓듯'은 '끓다'의 활용이며, 이때 '-듯'은 앞말에 붙여 쓰는 연결 어미입니다. '끓'과 '듯하다'는 본용언과 보조 용언의 관계가 아니에요. 대신 '끓는 듯하다, 끓는듯하다'로 쓰면 바른 표현이 되지요.

9. '-지'와 '지'

'지'는 시간의 경과를 나타내는 의존 명사로 쓰일 때만 띄어 씁니다.

- ☞ 만난 지 오래되었다(만난 기간이 오래되었다).
- ☞ 밥 먹은 지 한 시간밖에 안 됐다(밥 먹고 나서 겨우 한 시간이 지났다).

나머지 경우는 어미로 쓰여 앞말에 붙이는데요, 유독 '막연한 의문'을 나타내는 어미의 경우에 많이들 틀리는 것 같아요. 다시 말하지만 '시간의 경과'를 나타내는 경우를 제외하고는 붙여 쓰기, 기억합시다!

언제 도착할 지 모르겠다 (×) ⇨ 언제 도착할지 모르겠다 (○)

할 지 말 지 고민이다 (×) ⇨ 할지 말지 고민이다 (○)

과연 가능한 지 의문이다 (×) ⇨ 과연 가능한지 의문이다 (○)

10. '큰소리'와 '큰 소리'

'큰소리'는 사전에 실린 한 단어입니다. 물론 '큰'과 '소리'를 합친 합성어지요. 사전에도 가장 먼저 '목청을 돋워가며 야단치는 소리'라고 풀이돼 있습니다. 그런데 목청을 돋워 내는 소리가 다름 아닌 '큰 소리' 아니겠습니까.

그렇다면 '큰소리'와 '큰 소리'가 다르다는 건가요, 같다는 건가요? 애매하긴 하지만 상황에 따라 구분해 써야 옳겠지요. '호통'을 뜻할 때는 '큰소리', '소리의 정도가 큰, 즉 데시벨이 높은' 소리는 '큰 소리'로요. 그나마 '남 앞에서 잘난 체하며 과장하여 하는 말', 즉 '호언장담'이나 '허풍'을 뜻하는 '큰소리'는 덜 헷갈립니다. 데시벨과는 상관없고 말을 부풀린다는 의미죠.

⇨ 큰소리 내지 마(화내지 마).

⇨ 큰 소리 내지 마(조용히 해).

⇨ 너는 항상 큰소리만 내지(너는 맨날 허풍만 떨지).

⇨ 너는 항상 큰 소리만 내지(너는 항상 시끄럽지).

소리가 나온 김에 '우는소리'도 한번 살펴볼까요? '우는'과 '소리'를 붙여 쓰는 합성어 '우는소리'는 '엄살을 부리며 곤란한 사정을 늘어놓는 말'입니다. 띄어 쓰면 말 그대로 '울음으로 내는 소리', 즉 '울음소리'가 되고요.

✎ 우는소리 듣기 싫다(징징대며 하소연하는 말 듣기 싫다).
✎ 우는 소리 듣기 싫다(울음소리가 듣기 싫다).

한글 맞춤법
띄어쓰기 규정

---

1. 조사는 그 앞말에 붙여 쓴다.

2. 의존 명사는 띄어 쓴다.

3. 단위를 나타내는 명사는 띄어 쓴다.

4. 수를 적을 적에는 '만(萬)' 단위로 띄어 쓴다.

5. 두 말을 이어주거나 열거할 적에 쓰이는 말들(겸, 내지, 대, 등, 및, 등등, 등속, 등지)은 띄어 쓴다.

6. 단음절로 된 단어가 연이어 나타날 적에는 붙여 쓸 수 있다.

7. 보조 용언은 띄어 쏨을 원칙으로 하되, 경우에 따라 붙여 쏨도 허용한다.

8. 성과 이름, 성과 호 등은 붙여 쓰고, 이에 덧붙는 호칭어, 관직명 등은 띄어 쓴다.

9. 성명 이외의 고유 명사는 단어별로 띄어 쏨을 원칙으로 하되, 단위별로 띄어 쓸 수 있다.

10. 전문 용어는 단어별로 띄어 쏨을 원칙으로 하되, 붙여 쓸 수 있다.